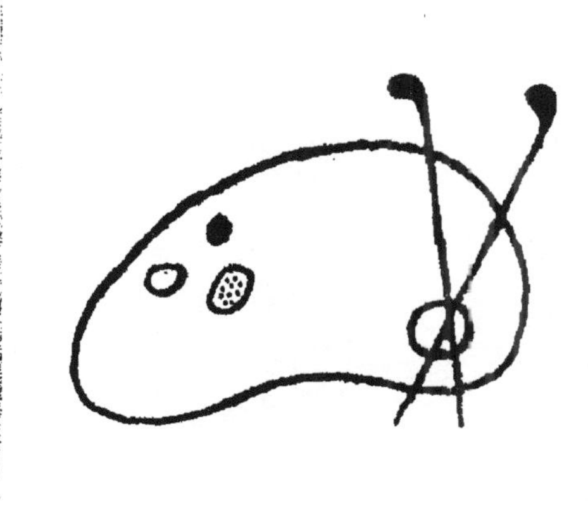

Début d'une série de documents
en couleur

COUVERTURES SUPERIEURE ET INFERIEURE D'IMPRIMEUR

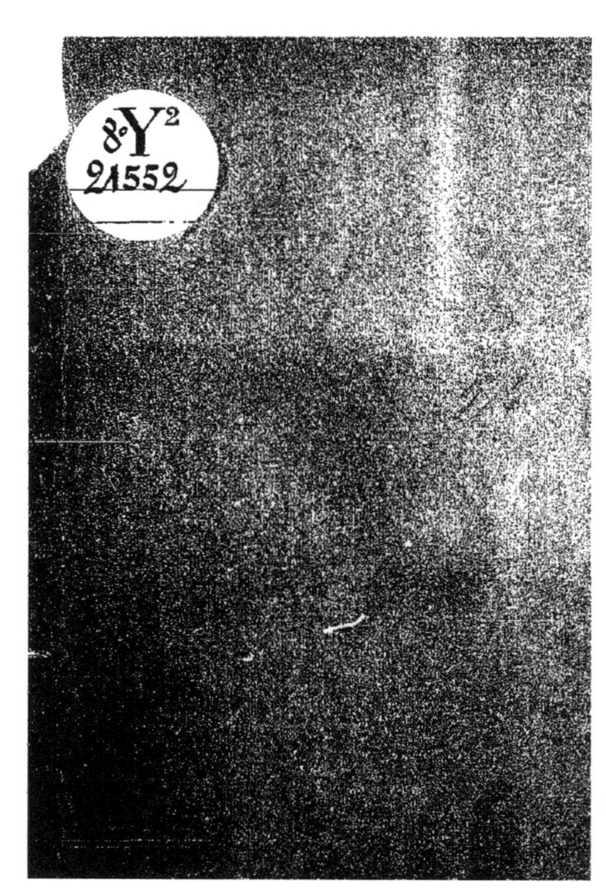

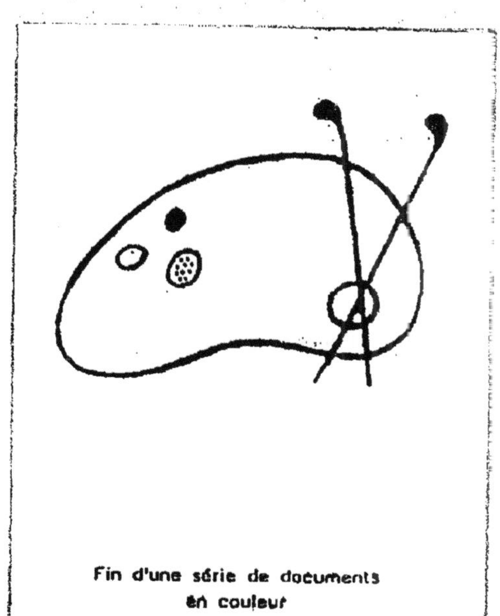

Fin d'une série de documents
en couleur

LE SYSTÈME

DU

DOCTEUR GOUDRON

ET DU

Professeur Plume

LA PETITE BIBLIOTHÉQUE POPULAIRE

Ouvrages complets en un volume, à O fr. 25 le volume
format 16×10

ÉDITION TRÈS SOIGNÉE, BEAU PAPIER

Balzac. — Le Colonel Chabert.	1 vol.
Telle écriture, tel caractère — Paul Barbe.	1 vol.
Fenimore Cooper. — La Vie d'un Matelot.	1 vol.
— Mon Ami Piffard	1 vol.
Paul de Kock. — Un Mari Perdu	1 vol.
Les Secrets de la Beauté. — O. de Jalin.	1 vol.
Les Sociétés Secrètes. — O. de Jalin	1 vol.
Marivaux. — Le Jeu de l'Amour et du Hasard	1 vol.
Perrault. — Contes	1 vol.
— Le Chambrion.	1 vol.
Ponson du Terrail. — Le Page Fleur de Mai.	1 vol.
— L'Héritage d'un Comédien.	1 vol.
Prévost (l'Abbé). — Manon Lescaut.	1 vol.
— Le Lis du Village.	1 vol.
Emile Richebourg. — Père Biscuit.	1 vol.
— Le Portrait de Berthe.	1 vol.
— Le Clos des Peupliers.	1 vol.
— La Jeune Fille aux Roseaux	1 vol.
— La Dame des Etelles	1 vol.
— Deux Amis.	1 vol.
Regnard. — Le Légataire Universel.	1 vol.
Eugène Süe. — Kardiki	1 vol.
Voltaire. — L'Ingénu	1 vol.

EDGAR POË

LE SYSTÈME

DU

DOCTEUR GOUDRON

ET DU

Professeur Plume

Traduit par Léonora C. Herbert

PUBLICATIONS JULES ROUFF ET Cie
PARIS (1er)

Tous droits réservés

LE SYSTÈME

DU

Docteur Goudron et du Professeur Plume

Au cours d'un voyage que je faisais dans les provinces du midi de la France pendant l'automne de l'année 18..., je passai à quelques kilomètres d'une maison de santé dont mes amis du monde médical à Paris m'avaient beaucoup parlé. N'ayant jamais visité un établissement de ce genre, je ne voulus pas laisser échapper l'occasion qui se présentait à moi. Mais mon compagnon de voyage dont un hasard m'avait fait faire la connaissance quelques jours plus tôt et à qui je proposai de nous détourner de notre chemin pendant quelques heures dans ce but, m'objecta d'abord qu'il était pressé, et avoua ensuite l'horreur, assez naturelle du reste, que lui inspirait la vue de malheureux privés de raison. Il me supplia cependant de ne pas renoncer à satisfaire ma curiosité par égard pour lui, ajoutant qu'il continuerait doucement son chemin, afin que je pusse le rattraper dans le courant de la journée ou le lendemain au plus tard. Au moment de nous quitter je m'avisai que je pourrais trouver quelque difficulté à pénétrer dans l'établissement, et je lui communiquai mes craintes à ce sujet. Il me répondit qu'en effet, à moins de connaître le médecin en chef, M. Maillard, ou de s'être muni d'une lettre de recommandation pour lui, je pourrais me heurter à des difficultés, la règle dans ces maisons de santé particulières étant beaucoup plus sévère que celle qui gouverne les asiles publics. Pour sa part, ajouta-t-il, il avait fait la connaissance de Maillard il y a quelques années, et s'offrit à m'accompagner jusqu'à la porte et à me présenter au médecin, quoique sa répugnance pour la folie lui défendît de franchir le seuil de la maison.

J'acceptai avec reconnaissance, et quittant la grande route nous nous engageâmes dans un sentier envahi par les herbes folles, et qui une demi-heure plus loin se perdait dans une épaisse forêt couvrant le pied de la montagne. Après avoir fait environ trois kilomètres à travers ce bois triste et humide, nous vîmes apparaître la maison de santé, un château fantastique, dans un tel état de délabrement qu'au premier abord il semblait à peine habitable. Son aspect me frappa d'une véritable frayeur, et retenant mon cheval je songeai à reculer, mais bientôt, honteux de ce moment de faiblesse, je continuai mon chemin.

En approchant de la grille je remarquai qu'elle était ouverte, et je vis une tête d'homme qui regardait à la dérobée par l'entrebaillement. Un instant plus tard cet homme s'avança, prononçant le nom de mon compagnon auquel il serra la main cordialement en l'invitant à descendre. C'était M. Maillard en personne, un homme d'une belle prestance et d'une grande distinction de manières, dont l'air de gravité, de dignité et d'autorité me fit une grande impression.

Après les présentations d'usage, mon camarade fit connaître à M. Maillard mon désir de visiter l'établissement; et ce dernier l'ayant assuré qu'il m'en donnerait toute facilité, il prit congé de nous et disparut à mes yeux.

Lorsqu'il fut parti, le directeur me fit entrer dans un joli petit salon, où la présence de livres, de gravures, de fleurs et d'instruments de musique, dénotait les goûts cultivés de ses habitués. Un feu pétillait joyeusement dans l'âtre. Une jeune et jolie femme était assise au piano et chantait un air de

Bellini. Interrompue dans son chant par notre entrée, elle se leva et me fit un accueil des plus gracieux. Sa voix était douce, une certaine contrainte perçait dans ses manières. Je croyais même pouvoir lire des traces de tristesse sur son visage d'une pâleur remarquable mais non déplaisante à mon avis. Vêtue de grand deuil, elle excita en moi un sentiment d'admiration mêlée de respect.

Déjà à Paris on m'avait appris que l'établissement de M. Maillard était conduit d'après ce que l'on appelle vulgairement le « système calmant », qu'on y évitait les punitions, qu'on avait même rarement recours à la réclusion, mais que les malades, surveillés à leur insu, jouissaient en apparence d'une grande liberté, et qu'on permettait à la plupart d'entre eux de se promener à volonté dans la maison et le parc, sans être affublés d'un costume spécial. Ce souvenir m'imposa une prudence extrême dans les paroles que j'adressai à la jeune femme, sur l'état mental de laquelle j'avais des doutes, justifiés par l'éclat extraordinaire de ses yeux, dont le regard ne se fixait jamais. Je m'efforçai donc de maintenir la conversation dans un ordre d'idées générales, évitant tout ce qui pût être une cause d'agitation pour une folle. Elle répondit d'une façon fort raisonnable à toutes mes observations, ses remarques étant frappées au coin du bon sens; mais une longue étude de la psychologie de la folie m'ayant appris à ne pas me fier à une telle preuve de santé d'esprit, je persistai dans la voie que je m'étais tracée.

Pendant que nous causions, un domestique galonné entra portant un plateau chargé de fruits, de vins et de gâteaux secs; dès que j'eus fait honneur à cette petite collation la jeune femme quitta la chambre. Je jetai ausitôt un regard interrogateur à mon hôte.

— Non, dit-il, en réponse à mon interrogation muette — oh non, une personne de ma famille, ma nièce, une jeune fille très douée.

— Je vous demande mille fois pardon de ce soupçon, répondis-je, mais vous saurez bien sûr m'excuser. L'excellente administration de votre établissement est bien connue à Paris, et j'ai pensé qu'il se pourrait, vous comprenez...

— Mais oui, mais oui, n'en parlez plus, c'est plutôt à moi de vous remercier de la prudence louable que nous venez de montrer. Nous trouvons rarement tant de prévoyance chez les jeunes gens, et plus d'une fois quelque malheureux contretemps a résulté de l'étourderie de nos visiteurs. Aussi longtemps que mon ancien système était encore en vigueur, et que nos malades jouissaient du privilège de se promener partout à leur gré, des accès de folie furieuse furent maintes fois occasionnées chez eux par l'indiscrétion de personnes venues pour visiter l'établissement. C'est ce qui m'a obligé à inaugurer un système sévère d'exclusion, ne laissant pénétrer dans la maison que des personnes sur la discrétion desquelles je peux compter absolument.

— Votre *ancien* système, dites-vous? Me faut-il donc croire que le « système calmant » dont on m'a si souvent fait l'éloge n'est plus en vigueur?

— Il y a maintenant, répliqua-t-il, plusieurs semaines que nous nous sommes décidés à y renoncer définitivement.

— Vraiment! Vous m'étonnez!

— Monsieur, dit-il en poussant un soupir, nous avons trouvé absolument nécessaire de revenir à l'ancienne méthode. Le danger du système calmant a toujours été épouvantable, et on a fait trop de cas de ses avantages. Je crois, monsieur, que si jamais ce système a été soumis à une épreuve sérieuse, c'est dans cette maison. Nous avons fait tout ce que la bienveillance raisonnable a pu imaginer. Je regrette que vous n'ayez pu nous rendre visite à ce moment afin d'en juger par vous-même. Mais je suppose que vous connaissez le système calmant dans tous ses détails.

— Pas trop. Tout ce que j'en sais, je l'ai appris par des tiers.

— Je vous dirai donc que dans ses grandes lignes ce système consiste à ménager les malades en toutes choses. Nous ne contredisions aucune fantaisie éclose dans ces cerveaux malades. Loin de là, non seulement nous les ménagions, mais nous les encouragions, et c'est ainsi que nous avons obtenu plusieurs de nos guérisons les plus durables. Il n'y a pas d'argument qui frappe autant la faible raison d'un fou, que la réduction à l'absurde. Par exemple, nous avons eu des hommes qui s'imaginaient être des poulets. Le traitement consistait à insister là-dessus comme sur un fait réel, à accuser le malade de manque d'intelligence lorsqu'il n'était pas assez convaincu de cette réalité, et à lui refuser pendant huit jours toute nourriture autre que celle qui convient à un poulet. De cette façon, un peu de grain et de sable faisaient des merveilles.

— Mais était-ce là tout le système?

— Du tout. Nous avions une grande confiance dans les distractions innocentes, telles que la musique, la danse, la gymnastique, les jeux de cartes, la lecture de certains livres et ainsi de suite. Nous affections de traiter chaque individu pour un simple désordre physique, et jamais le mot de folie n'était prononcé. Un point très important est de préposer chaque fou à la surveillance de tous les autres. Confier quelque chose à l'intelligence ou à la discrétion d'un aliéné, c'est le moyen de le gagner corps et âme. En outre nous faisions ainsi une grande économie sur le personnel...

— Et vous n'infligiez point de punitions?

— Aucune.

— Vous n'enfermiez jamais vos malades?

— Très rarement. De temps en temps lorsqu'un d'entre eux avait une crise, ou un accès de fureur aiguë, nous l'enfermions dans une cellule, de peur que sa maladie ne se communiquât aux autres, et nous le gardions là jusqu'à ce que nous pussions le renvoyer chez lui. Car nous ne nous occupons pas du fou furieux; celui-là, on le place dans un asile public.

— Aujourd'hui vous avez changé tout cela, et pour le mieux, croyez-vous?

— Résolument. Le système avait ses désavantages, et même ses dangers. Heureusement qu'il est maintenant abandonné dans toutes les maisons de santé de la France.

— Ce que vous me dites là m'étonne beaucoup, répliquai-je, j'étais convaincu qu'en ce moment il n'existait pas d'autre traitement de la folie dans tout le pays.

— Vous êtes encore jeune, mon ami, repartit mon hôte, mais le moment viendra où vous apprendrez à juger par vous-même de ce qui se passe dans le monde, sans vous fier à ce que l'on vous raconte. Ne croyez rien de ce que vous entendez, et la moitié seulement de ce que vous voyez. Pour ce qui en est de nos maisons de santé, il est évident que quelque ignorant vous a trompé. Après le dîner, quand vous vous serez reposé des fatigues de votre voyage, je serai heureux de vous faire visiter la maison, et de vous faire connaître un système qui, à mon avis, et à celui de tous ceux qui l'ont vu pratiquer, est incontestablement le plus efficace qu'on ait conçu jusqu'à nos jours.

— Et c'est le vôtre? demandai-je, — un système inventé par vous?

— Je suis fier de le reconnaître comme mien, répliqua-t-il, c'est-à-dire d'en être jusqu'à un certain point l'auteur.

La conversation se prolongea de cette façon pendant plus d'une heure, tandis que nous faisions le tour des jardins et des serres.

— Je ne vous conduis pas encore auprès de mes malades, me dit mon hôte. Pour une âme sensible il y a toujours quelque chose de pénible à de tels spectacles, et je ne veux pas vous enlever l'appétit avant le dîner. Nous allons dîner. Je vous ferai servir du veau à la Sainte-Menehould, avec des choux-fleurs sauce veloutée, — puis un verre de Clos Vougeot — après cela vous aurez les nerfs assez solides.

A six heures on servit le dîner. Mon hôte me fit passer dans une vaste salle à manger où vingt-cinq à trente convives se trouvaient déjà réunis. C'était évidemment des personnes du meilleur monde à en juger d'après leurs manières distinguées, quoique cette impression favorable fût en quelque sorte diminuée par l'extravagance de leur mise dont le faste me semblait tout à fait déplacé, rappelant les toilettes de cérémonie de la vieille cour. Je remarquai qu'au moins deux tiers des convives étaient des femmes, et que la plupart de celles-ci étaient mises d'une façon qu'une Parisienne de nos jours ne trouverait guère de bon goût. On voyait par exemple de vieilles dames plus que septuagénaires, effrontément décolletées, étaler des bijoux en profusion, des bagues, des bracelets, des boucles d'oreilles, des parures de diamants. Je remarquai aussi que peu des costumes étaient bien faits, ou du moins que peu allaient bien à celles qui les portaient. Mes regards tombèrent sur l'intéressante jeune fille à laquelle M. Maillard m'avait présenté dans le petit salon; quel fut mon étonnement de la voir habillée d'une robe à vertugadin et à paniers, chaussée de souliers à talons Louis XV, et coiffée d'un bonnet de dentelle de Bruxelles très défraîchi, dont les dimensions exagérées rapetissaient son visage d'une façon comique. Quel contraste avec le grand deuil si simple et si seyant que je lui avais vu porter quelques heures plus tôt. Bref, il y avait quelque chose de bizarre à l'aspect de toute l'assemblée, qui tout d'abord me fit revenir à mon idée première du « système calmant » en me faisant croire que M. Maillard avait voulu me tromper jusqu'après le dîner, afin que je ne ressentisse aucune impression désagréable à me trouver à table avec des fous. Je me rappelai toutefois ce qu'on m'avait dit à Paris de l'excentricité des méridionaux, qui tiennent si jalousement à toutes leurs anciennes coutumes; du reste m'étant entretenu avec quelques personnes de la société, leur conversation eut vite fait de dissiper toutes mes craintes.

La salle à manger elle-même, quoique vaste et assez confortablement aménagée, n'avait guère d'élégance. Point de tapis, pas même de rideaux aux fenêtres, dont les volets fermés et solidement assujettis au moyen d'une barre de fer posée en travers, ressemblaient à ceux qu'on voit aux devantures des magasins. Cette pièce formait à elle seule toute une aile du château, de sorte que les fenêtres, au nombre de dix, se trouvaient sur trois côtés du rectangle, la porte en occupant le quatrième.

La table était dressée avec un grand luxe d'argenterie, et surchargée de friandises, dont la profusion avait quelque chose de vraiment barbare. C'était un véritable festin de Gargantua. Jamais de la vie je n'ai vu un banquet pareil, une telle prodigalité, ou plutôt un tel gaspillage des mets les plus divers. Toute cette profusion manquait pourtant de goût. Mes yeux habitués à une lumière plus discrète, furent éblouis par l'éclat d'innombrables bougies fixées dans des candélabres en argent, et posées sur la table et partout où c'était possible dans la pièce.

Le service était très bien fait par plusieurs domestiques, mais je me serais volontiers passé de la musique dont on nous gratifia pendant le repas. A un bout de la salle une grande table servait d'estrade à un orchestre composé de sept ou huit personnes munies de violons, de fifres, de trombones, et d'un tambour, dont elles tiraient des sons en réalité peu harmonieux, mais qui paraissaient faire la grande joie des autres convives.

En somme je ne pouvais m'empêcher de penser que tout ce que je voyais était bien bizarre; — mais, après tout, le monde comprend une grande diversité de gens, ayant des manières de penser et des coutumes très différentes. Du reste, j'avais assez voyagé pour que le *nil admirari* me fût devenu habituel. Je pris donc place très tranquillement à la droite de mon hôte, et ayant un excellent appétit, je fis honneur à la bonne chère placée devant moi.

La conversation pendant ce temps était vive et générale; comme toujours, les dames parlaient beaucoup. Je m'aperçus bientôt que l'assemblée se composait surtout de personnes instruites; le maître de la maison était à lui seul un puits d'anecdotes amusantes. Il semblait tout disposé à parler de sa charge de médecin en chef d'une maison de santé, et même, à mon grand étonnement, l'aliénation mentale était le sujet de conversation préféré de toutes les personnes présentes. On raconta de nombreuses anecdotes amusantes relatives aux caprices des malades.

— Il y avait une fois un bonhomme ici, dit un petit homme rondelet assis à ma droite, un bonhomme

La conversation pendant ce temps était vive et générale, comme toujours. (P. 12.)

qui se figurait être une théière; et à ce propos, n'est-il pas étrange que cette notion ait si souvent envahi le cerveau humain ? On trouverait à peine un asile d'aliénés en France qui ne fournisse une théière humaine. Celle dont je parle était en métal anglais, et avait soin de se polir tous les matins avec une peau de chamois et du blanc d'Espagne.

— Puis, dit son vis-à-vis, un homme de haute taille, nous avions ici, il n'y a pas très longtemps, un autre qui s'imaginait être un âne — ce qui, au fond, était sans doute vrai. C'était un malade ennuyeux, et nous eûmes beaucoup de peine à le dompter. Pendant longtemps il ne voulait manger que des chardons, mais nous l'avons bientôt guéri de ce caprice en insistant qu'il ne mangeât jamais autre chose... Et puis il lançait tout le temps des ruades. — là, comme ceci.

— Monsieur de Kock! je vous prierai de vous tenir convenablement! interrompit une vieille dame assise à côté de celui qui venait de parler. Tenez vos pieds tranquilles! Vous avez gâté ma robe de brocart. Est-il nécessaire, je vous le demande, d'illustrer ainsi ce que vous racontez? Monsieur vous comprendra certainement sans cela. Ma parole, on vous prendrait pour un âne tout aussi bien que le pauvre malheureux dont vous parlez. Le rôle vous sied vraiment à merveille.

— Mille pardons, mademoiselle! répondit M. de Kock à cette interpellation, mille pardons. Je n'avais nulle intention de vous offenser. Mademoiselle Laplace, M. de Kock a l'honneur de boire à votre santé.

Ici M. de Kock fit un grand salut, baisa la main avec force cérémonies, et but à la santé de Mlle Laplace.

— Mon ami, dit M. Maillard en s'adressant à moi, permettez-moi de vous offrir un morceau de ce veau à la Ste-Menehould, — vous le trouverez vraiment bon.

A ce moment deux solides laquais venaient de réussir à déposer sur la table un plat énorme, contenant ce que je pris pour le *Monstrum, horrendum, informe, ingens, cui lumen ademptum.* En y regardant de plus près, je vis cependant que ce n'était qu'un petit veau rôti en entier, et placé à genoux avec une pomme dans la bouche, de la façon dont on sert un lièvre en Angleterre.

— Non, merci, répondis-je, à vrai dire je n'aime pas beaucoup le veau à la Sainte — comment dites-vous? — car cela ne me convient pas très bien. Je changerai pourtant d'assiette, et goûterai un peu de ce lapin.

Il y avait plusieurs plats sur la table de ce qui semblait être du lapin de garenne, — comme on le sert en France, — que je mange avec plaisir, et que je puis recommander.

— Pierre, commanda mon hôte, changez l'assiette de monsieur, et servez-lui un morceau de ce *lapin au chat.*

— De ce quoi ?

— Ce *lapin au chat.*

— Mais merci, à y réfléchir, non. Je prendrai plutôt une tranche de jambon.

On ne sait jamais ce que l'on est exposé à manger en province, pensai-je. Je ne toucherai ni à leur *lapin au chat,* — ni quant à cela, à leur *chat au lapin* non plus.

— Et puis, poursuivit un être à l'aspect cadavéreux, placé près du bout de la table, reprenant la conversation où on l'avait laissée — et puis, entre autres curiosités, nous avions une fois un malade qui soutenait opiniâtrément qu'il était un fromage de Cordoue, et se promenait un couteau à la main, priant ses amis de goûter une petite tranche de son mollet.

— C'était un grand imbécile, continua un autre, mais il n'était pas à comparer à un certain individu que nous connaissons tous à l'exception de ce monsieur étranger. Je veux dire l'homme qui se prenait pour une bouteille de Champagne, et en imitait le bouchon qui saute avec un crac! et un sifflement comme ceci.

A ce moment celui qui parlait, mit à mon étonnement, son pouce droit dans sa joue gauche, le retirant avec le son que fait un bouchon lorsqu'on le tire, puis d'un mouvement habile de la langue contre les dents, il produisit un sifflement qui dura plusieurs minutes, imitant la mousse du vin de Champagne. Je vis clairement que cette action inconvenante ne plaisait guère à M. Maillard; il ne fit pourtant aucune observation, et la conversation fut reprise par un petit homme fluet affublé d'une grande perruque.

— Il y avait aussi un ignorant, dit-il, qui se prenait pour une grenouille, à laquelle d'ailleurs il ressemblait beaucoup. Vous auriez dû le voir, monsieur, dit-il en s'adressant à moi, cela vous aurait réjoui le cœur de voir le naturel de son jeu. Monsieur, si cet homme-là n'était pas une grenouille, je puis seulement dire que c'est dommage qu'il ne le fût pas. Son coassement — couac — couac — couac — était le plus beau son du monde, un si bémol — et lorsqu'il s'accoudait ainsi sur la table après avoir bu un ou deux verres de vin, ouvrait la bouche, roulait les yeux, et en clignait avec une rapidité surprenante, alors, monsieur, je l'affirme positivement, vous auriez été rempli d'admiration pour le talent prodigieux de cet homme.

— Je n'en doute pas, fis-je. »

— Et puis, dit un autre, il y avait le Petit Gaillard qui croyait être une prise de tabac et se désolait de ne pouvoir se prendre lui-même entre le pouce et l'index.

— Il y avait aussi Jules Deshoulières, un génie vraiment curieux, qui, obsédé de l'idée d'être une citrouille, tourmentait toujours le cuisinier pour qu'il le fît bouillir. Pour ma part je n'approuve pas sans réserve le refus de ce dernier, penchant à croire qu'une citrouille à la Deshoulières aurait pu être très bonne à manger.

— Vous m'étonnez, dis-je, en interrogeant M. Maillard du regard.

— Ha ! ha ! ha ! fit celui-ci, en riant sur tous les tons, — hi ! hi ! hi ! — ho ! ho ! ho ! — c'est vraiment très bien ! Il ne faut pas vous étonner, mon cher; notre ami que voici a beaucoup d'esprit, c'est un drôle — il ne faut pas prendre tout ce qu'il dit au pied de la lettre.

— Et puis, dit un autre convive, il y avait le Grand Bouffon, — extraordinaire, lui aussi, à sa façon. Détraqué à la suite d'un chagrin d'amour, il s'imaginait avoir deux têtes, dont l'une était celle de Cicéron, tandis que l'autre se composait de celle de Démosthène depuis le haut du front jusqu'à la bouche, et de celle de Lord Brougham de la bouche au menton. Il se peut qu'il ait eu tort, mais il aurait réussi à vous convaincre qu'il avait raison, tant il était éloquent. Il avait une véritable passion pour l'art oratoire, et ne pouvait s'empêcher de montrer son talent. Par exemple il sautait sur la table de la salle à manger, comme ceci, et...

A ce moment son voisin lui mit la main sur l'épaule et lui souffla quelques mots à l'oreille ; l'autre se tut aussitôt et retomba sur sa chaise.

— Il y avait aussi Boullard le toton, reprit celui qui venait de donner cet avertissement. Je l'appelle le toton, parce qu'il était obsédé par l'idée comique, mais non pas tout à fait irrationnelle, qu'on l'avait métamorphosé en toton. Vous vous seriez tordu de rire en le voyant tourner. Il tournait sur un talon pendant deux heures, de cette façon.

A cet instant, l'ami qu'il venait d'interrompre lui rendit le même service.

— Mais, cria une vieille dame aussi fort qu'elle le put, votre M. Boullard était un fou, et même un fou très bête ; a-t-on jamais entendu parler d'un toton humain. La chose est ridicule. Mme Joyeuse était plus raisonnable, comme vous le savez. Elle avait une marotte, inspirée pourtant par la raison, et qui faisait plaisir à tous ceux qui avaient l'honneur de la connaître. Elle découvrit, après mûre réflexion, qu'un accident l'avait changée en coq, mais elle se conduisait convenablement dans ce rôle. Elle battait des ailes avec beaucoup d'effet — là, voyez-vous — et quant à son chant il était délicieux ! Cocorico ! cocorico !

— Madame Joyeuse, veuillez être plus convenable ! interrompit notre hôte, se fâchant cette fois. Conduisez-vous comme une personne bien élevée, ou bien quittez la table à l'instant — choisissez.

La vieille dame, que je fus surpris d'entendre appeler Mme Joyeuse après la façon dont elle venait de nous décrire cette personne, rougit jusqu'à la racine des cheveux, et parut toute confuse de la réprimande. Elle baissa la tête et ne dit plus mot. Mais une autre dame, plus jeune qu'elle, poursuivit l'entretien. C'était la belle jeune fille du petit salon !

— Oh, madame Joyeuse était une sotte, s'écria-t-elle, mais il y avait au contraire beaucoup de bon sens dans les idées d'Eugénie Salsafette. C'était une très belle jeune fille d'une pudeur exagérée, qui trouvait indécente la façon de se vêtir, et voulait toujours s'habiller en se mettant à l'extérieur et non à l'intérieur de ses vêtements. Après tout, c'est facile à faire. On n'a qu'à s'y prendre ainsi, — et ainsi — et puis...

— Mon Dieu ! mademoiselle Salsafette ! s'écrièrent une douzaine de voix à la fois. Que faites-vous donc ? — arrêtez-vous ! — cela suffit ! Nous voyons très bien comment cela se fait ! Mais finissez donc ! et plusieurs personnes quittaient déjà leurs places pour empêcher Mlle Salsafette de se mettre dans le costume de la Vénus de Médicis, quand tout à coup une succession de cris, ou plutôt de hurlements, provenant du corps du bâtiment, mirent fin à la scène.

Ces cris me donnèrent sur les nerfs, mais ce n'était rien à côté de l'effet qu'ils produisirent sur les autres convives. Jamais je n'ai vu une assemblée de personnes raisonnables en proie à pareille terreur. Une pâleur mortelle envahit tous les visages ; accroupis sur leurs chaises, paralysés par la peur, hommes et femmes attendaient avec un tremblement convulsif de tout le corps et en proférant des sons incohérents, une répétition des cris qui les avaient alarmés. Et en effet les cris reprirent de plus belle, augmentant de force jusqu'à ce qu'à un moment on les eût dit tout près, mais s'affaiblissant ensuite peu à peu, et enfin cessant tout à fait. Lorsque tout fut rentré dans le calme, une détente se fit dans les esprits, chacun reprit son sang-froid, et la conversation s'animant redevint générale. Je m'enhardis alors à demander la cause de l'incident qui avait occasionné un tel émoi.

— Une simple bagatelle, dit M. Maillard. Nous sommes habitués à ces choses-là, et nous nous en soucions fort peu. De temps en temps les aliénés se mettent à hurler en chœur, l'un excitant l'autre, comme une meute de chiens la nuit. Il arrive pourtant quelquefois que ces hurlements sont suivis d'une tentative de fuite, et dans ce cas on peut redouter quelque danger.

— Et combien en soignez-vous en ce moment?

— En ce moment nous n'en avons guère que dix.

— Des femmes surtout, je m'imagine ?

— Oh ! non; ce sont tous des hommes, et de forts gaillards, je vous assure.

— Vraiment ! j'ai toujours cru que les aliénés se recrutaient pour la plupart parmi le sexe faible.

— Il en est le plus souvent ainsi, mais pas toujours. Il y a quelque temps nous avions ici vingt-sept malades, dont dix-huit femmes; mais ces derniers temps les choses ont beaucoup changé, vous le voyez.

— Oui, ont beaucoup changé, vous le voyez, interrompit le monsieur qui avait meurtri les tibias de Mlle Laplace.

— Oui, ont beaucoup changé, vous le voyez, reprit aussitôt toute l'assemblée en chœur.

— Taisez-vous donc, tous ! cria le médecin en chef éclatant de colère. Voulez-vous bien vous tenir la langue !

Un silence absolu se fit pendant près d'une minute. Quant à une des dames, elle obéit à M. Maillard à la lettre; sortant la langue, elle la saisit avec les deux mains et la tint ainsi jusqu'à la fin de la soirée.

— Et cette dame, murmurai-je à l'oreille de mon hôte en me penchant vers lui, cette bonne dame qui vient de parler, et qui fait le cocorico, — je suppose qu'elle n'est pas dangereuse, — pas du tout dangereuse ? hein !

— Pas dangereuse ! s'écria-t-il avec un étonne-

ment qui n'était pas feint, mais qu'entendez-vous
par là ?

— Légèrement atteinte seulement ? fis-je en me
touchant le front. Je suppose qu'elle n'est pas gra-
vement atteinte, n'est-ce pas ?

— Mon Dieu ! que vous figurez-vous donc ? Cette
dame, ma vieille amie, Mme Joyeuse, est tout aussi
saine d'esprit que je le suis moi-même. Elle a ses
petites lubies, sans doute, — mais vous savez bien
que toutes les vieilles dames, toutes les femmes
âgées sont plus ou moins originales.

— Bien sûr, bien entendu, — et ces autres dames
et messieurs ?

— Sont mes amis et gardiens, interrompit
M. Maillard en se redressant avec hauteur, — mes
excellents amis qui m'aident avec dévouement dans
ma tâche.

— Comment! tous? demandai-je, les femmes
aussi?

— Assurément, dit-il, nous ne saurions nous passer des femmes ; ce sont les meilleures infirmières
d'aliénés qui soient au monde. Vous savez qu'elles
ont des façons d'agir qui leur sont particulières ;
leurs beaux yeux ont un effet merveilleux, qui ressemble tant soit peu à la fascination exercée par le
serpent.

— Sans doute, répondis-je, sans doute! Leur te-
nue est pourtant un peu étrange, n'est-ce pas ? Elles
ont quelque chose de singulier, il me semble.

— Étrange ! singulier ! le trouvez-vous vraiment?
Il est vrai qu'ici dans le Midi nous ne sommes pas
d'une pruderie exagérée, nous faisons à peu près
tout ce que nous voulons, nous jouissons de la vie
enfin.

— Bien sûr, bien sûr.

— Peut-être aussi ce Clos-Vougeot est-il un peu
capiteux, n'est-ce pas ? un peu fort, vous me comprenez ?

— Sans doute, dis-je, sans doute. A propos, monsieur, ne m'avez-vous pas dit qu'à la place du célèbre système calmant, vous en aviez institué un
autre d'une sévérité rigoureuse ?

— Du tout, du tout. La réclusion est nécessairement sévère mais le traitement — je veux dire le traitement médical — est plutôt agréable aux malades.

— Et le nouveau système est de votre invention ?

— Pas entièrement. J'en dois quelque chose au Professeur Goudron, que vous connaissez naturellement de nom ; et d'autre part, je suis heureux d'attribuer certaines modifications de mon système au célèbre Professeur Plume, que vous avez l'honneur de connaître intimement, si je ne me trompe ?

— Je suis confus d'avouer, répliquai-je, que j'entends le nom de ces messieurs pour la première fois.

— Mon Dieu! s'écria mon hôte reculant vivement sa chaise et levant les mains en l'air. Il ne se peut pas que je vous aie bien compris ! Vous ne voulez pas dire, n'est-ce pas, que vous n'avez même jamais entendu parler du savant Docteur Goudron ni du célèbre Professeur Plume ?

— Le respect de la vérité m'oblige à reconnaître mon ignorance, répondis-je; c'est une véritable humiliation pour moi de ne pas connaître les œuvres de deux savants aussi remarquables. Je me procurerai leurs écrits tout de suite, et me mettrai à les lire avec la plus grande attention. Il me faut avouer, monsieur, que vous me faites rougir de mon ignorance.

Et c'était la simple vérité.

— N'en parlez plus, mon jeune ami, dit-il avec bonté en me serrant la main, buvons ensemble un verre de Sauternes.

Il porta son verre à ses lèvres, j'en fis de même, et les autres convives suivirent notre exemple, les verres ne cessant de se remplir et de se vider. On causa, on plaisanta, on rit, on fit mille folies, les violons grincèrent, le tambour roula, les trombones beuglèrent comme autant de taureaux de Phalaris, et le vacarme augmentant sous l'influence du vin, on aurait dit un vrai pandémonium. Pendant ce temps, M. Maillard et moi, ayant quelques bouteilles de Sauternes et de Clos-Vougeot devant nous, conti nuâmes notre conversation en élevant la voix de toutes nos forces; un mot dit sur le ton ordinaire de la conversation n'aurait pas eu plus de chance de se faire entendre que la voix d'un poisson du fond des Chutes du Niagara.

— Eh monsieur, lui criai-je à l'oreille, avant de nous mettre à table, vous m'avez parlé du danger que présentait le vieux système calmant. Il y en avait donc?

— Oui, répondit-il, de temps à autre, il y en avait. On ne saurait prévoir les caprices des fous, et à mon avis, ainsi qu'à celui du Docteur Goudron et du Professeur Plume, il n'est jamais sûr de leur permettre de se promener sans être accompagné d'un infirmier. On peut « calmer », comme on dit, les aliénés pendant quelque temps, mais à la fin ils risquent de devenir turbulents et intraitables. Leur ruse est très grande, et a passé en proverbe. S'ils ont un but en vue ils sauront cacher leurs projets avec une adresse merveilleuse, et l'habileté avec laquelle ils simulent la raison constitue un des problèmes de psychologie les plus étranges. Lorsqu'un fou semble être tout à fait raisonnable, il est temps de lui passer la camisole de force.

— Mais mon cher monsieur, pour ce qui en est du danger dont vous parlez, votre propre expérience vous a-t-elle fourni la preuve du danger qu'il y a à laisser les aliénés en liberté ?

— Comment donc ? ma propre expérience ? je crois bien que oui. Par exemple : — il n'y a pas très longtemps de cela, un fait singulier s'est passé ici même. Il faut que vous sachiez que le système calmant était alors en vigueur, les malades étaient en liberté. Ils se conduisaient très bien, si bien qu'avec un grain de bon sens on aurait compris qu'un mauvais coup se préparait. Et, en effet, un beau jour, les infirmiers se trouvent liés et jetés dans les cellules, où ils sont surveillés comme aliénés par les aliénés eux-mêmes.

— Pas possible ! Mais l'histoire est vraiment amusante.

— C'est un fait. Tout cela est arrivé parce qu'un

imbécile — un aliéné — s'était mis en tête qu'il avait inventé un système de gouvernement supérieur à tous les systèmes connus — de gouvernement d'asile, bien entendu. Il aura voulu mettre son système à l'essai en persuadant aux autres malades de se joindre à lui dans une conjuration qui renverserait le pouvoir établi.

— Et il a vraiment réussi ?

— Il n'y a pas à en douter. Les surveillants et les surveillés changèrent de place. Pas même, car les aliénés avaient joui de leur liberté, tandis qu'on eut soin d'enfermer les infirmiers dans les cellules, et j'ai le regret de vous dire qu'on leur montra peu d'égards.

— Mais je m'imagine qu'on effectua bientôt une contre-révolution. Un tel état de choses n'a pas pu se maintenir longtemps. Les paysans des alentours, les personnes venant visiter l'établissement auraient donné l'alerte.

— Vous n'y êtes pas. Le chef de la révolte était trop rusé. Il n'admit pas de visites, à l'exception d'un jeune homme à l'air niais, qu'il n'avait aucune raison de craindre. Il permit à ce dernier de visiter l'établissement — pour changer — pour s'amuser un peu avec lui. Dès qu'il l'eut suffisamment mis dedans, il l'envoya promener.

— Et combien de temps dura le règne des fous?

— Oh très longtemps, un mois au moins, peut-être davantage, je ne sais plus. En attendant les aliénés se sont joliment amusés, vous pouvez le croire. Ils troquèrent leurs vieux habits contre tout ce qu'ils dénichèrent de vêtements et de bijoux dans les armoires du château. Les caves aussi étaient bien fournies, et les fous sont des gaillards qui aiment le bon vin. Ils menèrent joyeuse vie, je vous l'assure!

— Et le traitement, quel était le traitement spécial introduit par le chef des révoltés?

— Eh bien, quant à cela, un fou n'est pas nécessairement un imbécile, comme je vous l'ai déjà fait remarquer; et c'est ma sincère opinion que son traitement valait bien celui qu'il remplaça. C'était un système excellent, simple, pratique, d'application facile, en un mot délicieux, tout à fait. .

Les remarques de mon hôte furent ici interrompues par une nouvelle succession de cris, pareils à ceux qui nous avaient déjà dérangés. Cette fois cependant ils semblaient poussés par des personnes qui s'approchaient rapidement.

— Mon Dieu ! m'écriai-je, les aliénés se sont échappés.

— Je le crains fort, répondit M. Maillard, pâlissant à vue d'œil. Il avait à peine prononcé ces mots que l'on entendit sous les fenêtres des cris et des imprécations; et il fut aussitôt évident que des personnes qui se trouvaient au dehors cherchaient à pénétrer dans la salle. On donna de grands coups sur la porte avec un lourd marteau, et les volets furent ébranlés et secoués avec une extrême violence.

Une scène de confusion s'ensuivit. A mon grand étonnement M. Maillard disparut sous le buffet; je me serais attendu à plus de courage de sa part. Les membres de l'orchestre, trop ivres depuis un quart d'heure pour remplir leurs fonctions, se levèrent tout à coup, et saisissant leurs instruments entonnèrent à l'unanimité une mélodie populaire, qu'ils jouèrent, sinon tout à fait d'accord, du moins avec un entrain surhumain, pendant tout le temps que dura le tumulte.

Profitant de la confusion générale, le monsieur qui avait déjà fait des efforts inutiles pour monter sur la table, l'escalada d'un bond, et s'y installant parmi les bouteilles et les verres, il commença un discours qui aurait sans doute été admirable si on eût pu l'entendre. En même temps l'homme toton se mit à faire le tour de la salle en tournant sur lui-même, les bras étendus à angle droit avec le corps, bousculant et renversant tout le monde sur son passage. Entendant pétiller et siffler le vin de Champagne, je découvris que ce son était produit par la personne qui, pendant le dîner, avait joué le rôle d'une bouteille de cette boisson exquise. Puis l'homme-grenouille coassa comme si le salut de son âme eût dépendu de chaque son qu'il émettait, et le braiment

incessant d'un âne surmontait le tout. Quant à la
pauvre Mme Joyeuse, sa perplexité faisait vraiment
peine à voir ; elle se résigna enfin à rester debout dans
un coin près de la cheminée en chantant à tue-tête
« cocorico ! cocorico ! »

Puis vint le comble — la catastrophe du drame.
Comme l'on n'opposait d'autre résistance que les
cris, les hurlements et le chant du coq aux attaques
des assiégeants, les dix fenêtres furent rapidement
et presque simultanément enfoncées. Et jamais je
n'oublierai le sentiment d'étonnement et d'horreur
que j'éprouvai en voyant sauter par ces fenêtres et
pénétrer pêle-mêle parmi nous, se battant des mains
et des pieds, griffant et hurlant, une bande d'êtres
que je pris pour des chimpanzés, des orangs-outangs,
ou de grands babouins noirs du Cap de Bonne-Espé-
rance.

Une formidable volée de coups me fit rouler sous
un canapé où je me tins immobile. Cependant, après
y être resté environ un quart d'heure pendant lequel
j'écoutai de toutes mes oreilles ce qui se passait dans
la salle, j'arrivai à comprendre le dénouement de la
tragédie. Il paraît que M. Maillard, en me parlant
de l'aliéné qui avait excité ses camarades à la révolte, n'avait fait que raconter ses propres exploits.
Deux ou trois ans auparavant il avait en effet dirigé
l'établissement, mais devenant fou lui-même, il y
fut interné. Le camarade de voyage qui m'avait présenté à lui, ignorait ce détail. Attaqués à l'impro-
viste, les infirmiers, au nombre de dix, furent vain-
cus par les aliénés, qui, les ayant d'abord enduits
de goudron et ensuite roulés dans la plume, les en-
fermèrent dans des cellules souterraines. Leur em-
prisonnement durait depuis plus d'un mois, et pendant ce temps M. Maillard leur avait généreusement
octroyé non seulement le goudron et la plume qui
constituaient son « traitement », mais aussi du pain
et de l'eau en abondance, eau que l'on pompait sur
eux tous les jours. Enfin, l'un d'eux ayant réussi
à s'échapper par un égout, rendit la liberté aux
autres.

On a repris le « système calmant » au château en

y faisant quelques modifications importantes; pourtant je ne puis m'empêcher de reconnaître avec M. Maillard que son propre « traitement » était excellent dans son genre. Comme il l'a si bien dit c'était « simple, pratique, et d'application facile — très facile !

Je n'ai plus qu'à ajouter que j'ai visité toutes les bibliothèques de l'Europe à la recherche des œuvres du docteur Goudron et du professeur Plume, mais que tous mes efforts pour m'en procurer un exemplaire ont complètement échoué jusqu'à ce jour.

LE SCARABÉE D'OR

« Quelle est la folle ardeur à danser qui m'entraîne ?
« Quels feux la tarentule a versés dans mes veines ! »

(Vieille Comédie)

Il y a bien des années, je me suis lié d'amitié avec un jeune homme du nom de William Legrand. D'ancienne famille huguenote, et élevé dans l'opulence, une série de malheurs l'avaient complètement ruiné. Afin de s'épargner les humiliations que sa nouvelle situation aurait pu lui causer, il quitta la Nouvelle-Orléans, cité de ses aïeux, pour venir s'établir dans l'île de Sullivan, près de Charleston, dans la Caroline du Sud.

C'est une île assez étrange. Elle est formée d'une bande de sable d'environ cinq kilomètres de long, et dont la largeur ne dépasse nulle part quatre cents mètres. La végétation y est naturellement pauvre, ou du moins rabougrie ; on n'y voit point d'arbres de haute taille. Près de la pointe occidentale où se trouve le Fort Moultrie, et où l'on a construit quelques baraques habitées pendant l'été par ceux qui fuient la chaleur et la poussière de Charleston, on trouve bien la palmette épineuse; mais, à l'exception de cette pointe et d'une ligne de grève blanche et dure au bord de la mer, l'île entière est couverte d'épaisses broussailles de la myrte odoriférante, tant recherchée par les horticulteurs de l'Angleterre. Cet arbuste atteint souvent ici une hauteur de cinq à sept mètres, et forme un taillis presque impénétrable, alourdissant l'air de son parfum.

Dans un des recoins les plus cachés de ce taillis, non loin de la pointe orientale de l'île, pointe la plus éloignée du continent, Legrand s'était construit une petite cabane qu'il occupait lorsqu'un hasard me permit de faire sa connaissance. Une amitié véritable s'établit bientôt entre nous, car cet ermite possédait des qualités propres à exciter l'intérêt et l'estime. Il était très instruit, et doué de talents intellectuels remarquables, mais atteint de misanthropie, et sujet à des accès alternants d'enthousiasme et de mélancolie. Il avait eu soin de s'entourer de livres, mais ne les ouvrait que rarement. Ses distractions principales étaient la chasse et la pêche, ou les promenades le long de la grève et à travers les myrtes à la recherche de coquillages et de spéci-mens entomologiques, dont il avait une collection à faire envie à un Swammerdamm. Dans ces excursions il était en général accompagné par un vieux nègre du nom de Jupiter, affranchi avant les revers subis par la famille, mais que ni menaces ni promesses n'avaient pu faire renoncer à ce qu'il considérait comme son droit, c'est-à-dire à suivre les pas de son cher « Massa William » et à le servir. Il est même probable que la famille de Legrand, lui croyant le cerveau un peu détraqué, avait encouragé cet entêtement chez Jupiter, voulant assurer par là une surveillance protectrice à leur jeune parent.

Les hivers sont peu rigoureux à la hauteur de l'île Sullivan, aussi arrive-t-il fort rarement qu'on soit obligé de faire du feu en automne. Vers le milieu du mois d'octobre 18...., il y eut cependant un jour excessivement froid. Peu avant le coucher du soleil, je me frayai un chemin à travers la broussaille jusqu'à la cabane de mon ami que je n'avais pas vu depuis plusieurs semaines, car j'habitais à ce moment à une quinzaine de kilomètres de distance de Charleston, et les moyens de communication avec l'île étaient fort inférieurs à ceux de nos jours. Arrivé à la cabane, je frappai à la porte comme d'habitude, et ne recevant pas de réponse, je cherchai la clef à l'endroit où je la savais cachée. En ouvrant la porte je vis un bon feu qui pétillait dans l'âtre, innovation qui m'était fort agréable. J'enlevai mon pardessus, et approchant un fauteuil j'attendis avec patience l'arrivée de mon hôte.

A la tombée de la nuit, il rentra suivi de Jupiter, et me fit un chaleureux accueil. Le nègre, avec un sourire qui lui fendait la bouche d'oreille en oreille, s'empressa d'apprêter des poules d'eau pour notre souper. Legrand avait un de ses accès — quel autre nom leur donner ? — d'enthousiasme. Il venait de trouver un bivalve nouveau, formant un genre spécial, et de plus, avec l'aide de Jupiter il avait pourchassé et pris un scarabée qu'il croyait absolument inconnu, mais au sujet duquel il me demanderait mon avis le lendemain.

— Et pourquoi pas ce soir ? demandai-je en me frottant les mains devant la flamme, et en envoyant au diable toute la race des scarabées.

— Ah ! si j'avais su que vous seriez ici ! dit Legrand; mais il y a si longtemps que je ne vous ai vu, comment pouvais-je prévoir que vous viendriez juste ce soir-ci ? En revenant chez moi, j'ai rencontré le lieutenant G..., du Fort, et très sottement, je lui ai prêté le scarabée, il vous sera donc impossible de le voir avant demain matin. Couchez ici, et j'enverrai Jupiter le chercher au lever du soleil. C'est la plus belle chose du monde.

— Quoi ? le lever du soleil ?

— Bêtise ! non, le scarabée. Il est gros comme une grande noisette, d'un or vif, avec deux taches d'un noir de jais près d'une extrémité du dos, et une autre, un peu plus longue, à l'autre extrémité. Les antennes...

— Mais non, Massa William, interrompit Jupiter, il n'est pas en tain, il est en or, je vous dis, en or solide, tout en or, l'intérieur aussi, tout, sauf l'aile, je n'ai jamais vu un scarabée lourd comme ça.

— Eh bien, Jupiter, et si cela était, répondit Legrand, avec plus de sérieux, il me semblait, que ne l'exigeait la chose, serait-ce là une raison pour laisser brûler votre gibier?

Et, se tournant vers moi :

— La couleur suffirait presque pour donner raison à Jupiter. Vous n'avez jamais vu d'éclat métallique plus brillant que celui de ses écailles, mais vous ne pourrez en juger que demain. En attendant je peux toujours vous donner une idée de sa forme.

A ces mots il s'assit devant une petite table, sur laquelle se trouvaient une plume et de l'encre, mais point de papier. Il en chercha dans un tiroir, mais sans en trouver.

— Tant pis, dit-il enfin, voilà qui fera mon affaire, et il tira de la poche de son gilet un bout de papier chiffonné que je pris d'abord pour une feuille de papier écolier, et se mit à faire une rapide esquisse à la plume. Pendant ce temps je ne quittais pas ma place auprès du feu, car j'avais toujours froid. Le dessin terminé, il me le passa sans se lever. A ce moment un fort grognement se fit entendre, suivi d'un grattement à la porte. Jupiter alla ouvrir, et l'énorme terre-neuve de Legrand se précipita dans la chambre, sauta sur moi et me couvrit de caresses, car je m'étais beaucoup occupé de lui au cours de mes précédentes visites. Lorsqu'il eut cessé ses gambades, je regardai le papier, et à vrai dire, me sentis assez intrigué en voyant ce que mon ami y avait tracé.

— Eh bien ! m'écriai-je, après l'avoir examiné un bon moment, voilà en effet un drôle de scarabée : il m'est inconnu; jamais je n'ai rien vu de pareil — si ce n'est un crâne ou une tête de mort — à quoi il ressemble plus qu'à toute autre chose qui me soit jamais tombée sous les yeux.

— A une tête de mort ! répéta Legrand. Ah bien, oui, il lui ressemble peut-être un peu sur le papier. Les deux taches en haut seraient les yeux, et l'autre, la plus longue, la bouche; et puis le tout est de forme ovale.

— Peut-être bien dis-je; mais Legrand, je crains que vous ne soyez guère artiste. Il me faut attendre de voir le scarabée lui-même pour m'en faire une idée.

— Il me semble, fit-il, légèrement piqué, que je dessine passablement; je devrais du moins le faire, ayant eu de bons maîtres, et me flattant de ne pas être tout à fait imbécile.

— Dans ce cas, vous plaisantez, mon cher ami. Pour un crâne ce n'est pas mal, je peux dire que c'est même très bien, selon l'idée que l'on se fait en général de l'anatomie de cet objet. S'il lui ressemble, votre scarabée doit être un scarabée bien étonnant. Nous pourrons fabriquer une belle légende là-dessus. Je m'imagine que vous appellerez le scarabée « scarabæus caput hominis » ou quelque chose d'analogue : il y a beaucoup de noms de ce genre dans les Histoires Naturelles. Mais où sont les antennes dont vous parliez ?

— Les antennes, dit Legrand, que le sujet semblait échauffer étrangement; je suis sûr que vous devez les voir, les antennes. Je les ai faites aussi distinctes qu'elles le sont sur l'insecte lui-même, ce qui devrait bien suffire.

— Bien, bien, vous les avez peut-être faites, mais je ne les vois pas, et je lui rendis le papier sans autre commentaire, ne voulant pas le froisser; mais j'étais fort étonné de l'aspect qu'avait pris l'affaire. La mauvaise humeur de Legrand m'intriguait et quant à son scarabée, il n'y avait positivement pas d'antennes visibles, le tout ressemblait vraiment à la gravure d'une tête de mort.

Il prit le papier d'un air très maussade, et était sur le point de le jeter au feu, lorsque son regard distrait, tombant sur le dessin, s'y fixa tout à coup avec attention. Il rougit et pâlit tour à tour. Pendant quelques minutes il examina le dessin avec soin, sans quitter sa place; se levant enfin et prenant une bougie sur la table, il alla s'asseoir sur un coffre dans le coin le plus éloigné de la pièce. Là il se remit à étudier le papier, le tournant et le retournant dans tous les sens. Il ne dit rien cependant, et sa conduite m'étonna beaucoup ; je trouvai pourtant plus raisonnable de ne faire aucune observation, ne voulant pas le contrarier. Au bout d'un certain temps, il tira un portefeuille de la poche de son veston, y serra le papier avec soin, et déposa le tout dans son secrétaire qu'il ferma à clef. Peu à peu il se tranquillisa, mais son entrain avait entièrement disparu, il semblait plutôt préoccupé que maussade, et à mesure que la soirée s'avançait, il s'absorba de plus en plus dans sa rêverie, d'où aucune de mes saillies ne put le tirer. J'avais eu l'intention de passer la nuit dans la cabane, comme je l'avais déjà fait bien des fois, mais voyant mon hôte de cette humeur, je jugeai mieux de prendre congé de lui. Il ne me pressa pas de rester, mais en nous séparant, il me serra la main avec une cordialité encore plus marquée que d'habitude.

Je ne l'avais pas revu depuis un mois, lorsqu'un jour son domestique Jupiter vint me trouver à Charleston. Jamais je n'avais vu au bon nègre une mine aussi piteuse.

— Eh bien, Jupiter, lui dis-je, qu'y a-t-il donc maintenant ? comment va votre maître ?

— Mais, massa, ça ne va pas trop bien.

— Pas bien ? Je suis désolé de l'apprendre. De quoi se plaint-il ?

— Mais justement, il ne se plaint pas du tout ; il est tout de même très malade.

— Très malade, Jupiter ! que ne le disiez-vous tout de suite ? Il se trouve vraiment très mal ?

— Mais non, il ne se trouve pas mal ; voilà bien ce qui est grave. J'ai le cœur gros à cause de mon pauvre massa Will.

— Jupiter, j'aimerais bien savoir ce que vous voulez dire. Vous dites que votre maître est malade. Ne vous a-t-il pas dit ce qu'il a ?

— Mais, massa, ce n'est pas la peine de se fâcher pour ça. Massa Will dit qu'il n'a rien, mais alors pourquoi se promène-t-il, la tête baissée, les épau-

les élevées, et blanc comme une oie ? Et puis il a
ses chiffres tout le temps.

— Ses chiffres ?

— Les chiffres sur l'ardoise, les chiffres les plus
drôles que j'aie jamais vus. Je vous dis qu'il me fait
peur. Il faut toujours avoir l'œil sur lui. Ne s'est-il
pas sauvé dernièrement avant le lever du soleil,
ne rentrant que le soir. Il a mérité une bonne correction, mais je l'ai plaint tout de même, il avait
l'air si souffrant.

— Comment ? une correction ? Je crois vraiment
que vous faites mieux de ne pas être sévère pour
le pauvre garçon. Mais n'avez-vous aucune idée
de la cause de cette maladie, ou plutôt de ce changement ? Lui serait-il arrivé quelque chose de fâ-
cheux depuis que je ne vous ai vus ?

— Non, massa, il n'est rien arrivé depuis; c'est
avant cela, je crains, c'était le jour même que vous
étiez là.

— Comment ? Que voulez-vous dire ?

— Mais, massa, je veux dire le scarabée, voilà.

— Le quoi ?

— Le scarabée; je suis bien sûr que ce scarabée
a mordu mon pauvre massa Will à la tête.

— Mais quel grief avez-vous contre le pauvre scarabée, pour vous imaginer cela ?

— Des griffes? ce n'est pas ça qui lui manque!
et une bouche! Jamais je n'ai vu un tel diable de
scarabée, il griffe et mord tout ce qui s'approche de
lui. Massa Will l'avait pris, mais il a dû le lâcher
bien vite; c'est alors qu'il a dû être mordu. Moi, sa
bouche ne me revenait pas du tout, et je n'ai pas
voulu prendre la bête avec les doigts. Alors j'ai
pris un bout de papier que j'ai trouvé, et je l'ai
enveloppé dedans, et lui en ai fourré un coin dans
la bouche, comme ça.

— Alors vous croyez que votre maître a vraiment
été piqué par le scarabée, et que la piqûre l'a rendu
malade?

— Je ne *crois* pas; je le *sais*. Qu'est-ce qui le fait
tant rêver d'or, si ce n'est qu'il a été mordu par le

2

scarabée d'or ? Ce n'est pas la première fois que
j'entends parler de ces bêtes-là.

— Mais comment savez-vous qu'il rêve d'or ?

— Comment je le sais? Mais parce qu'il en parle
en dormant; voilà comment je le sais.

— Eh bien, Jupiter, vous avez peut-être raison;
mais à quelle heureuse circonstance dois-je attribuer l'honneur de votre visite aujourd'hui ?

— Qu'est-ce qu'il y a, massa ?

— Votre maître ne vous a-t-il pas donné de com-
mission pour moi ?

— Non, massa, j'apporte cette lettre, et là-dessus
Jupiter me tendit un billet ainsi conçu :

Mon cher,

Pourquoi ne vous ai-je pas vu depuis si longtemps? J'espère que vous ne m'en voulez pas d'un
peu de mauvaise humeur? mais non, cela n'est pas
probable.

Depuis que je vous ai vu, j'ai eu un grave sujet
d'inquiétude. J'ai quelque chose à vous dire, et pourtant je sais à peine comment le faire, ni même si
je devrais vous en parler.

Je ne vais pas très bien ces jours-ci, et les atten-
tions trop zélées de mon pauvre Jupiter me donnent
sur les nerfs. Il m'a annoncé dernièrement, un jour
où je lui avais faussé compagnie, qu'il avait envie
de me donner une bonne correction! Mais il est vrai
que je lui cause bien des tourments.

Je n'ai rien ajouté à mon musée depuis que nous
nous sommes vus.

Si vous pouvez de quelque façon vous arranger
pour le faire, revenez avec Jupiter. Venez, je vous
en prie. Je voudrais vous voir ce soir, pour affaire
importante. Je vous assure que c'est de la plus grande
importance.

Toujours à vous,

William LEGRAND.

Il y avait quelque chose dans le ton de ce billet
qui me donna fort à réfléchir. Ce n'était pas écrit
de la manière habituelle de Legrand. A quoi pouvait-
il bien rêver ? Quelle nouvelle lubie obsédait cet esprit

surexcité? Quelle « affaire de la plus haute importance » pouvait-il bien avoir à régler, lui? Ce que
racontait Jupiter ne faisait rien augurer de bon.
Je craignis que l'acharnement du malheur à le poursuivre n'eût enfin détraqué sérieusement la raison
de mon ami. Sans hésiter un instant, je me disposai
à suivre le nègre.

En arrivant sur le quai, je vis au fond du bateau
sur lequel nous devions nous embarquer, une faux et
trois pelles, toutes neuves.

— Que signifie cela, Jupiter?

— C'est une faux, massa, et des pelles.

— Evidemment. Mais que font-elles ici?

— C'est la faux et les pelles que massa Will a
voulu absolument que je lui achète en ville, et je
les ai payées diablement cher.

— Mais, au nom de tous les mystères, votre
« Massa Will » que veut-il faire avec une faux et
des pelles?

— Je n'en sais rien, et le diable m'emporte s'il
en sait davantage. Mais tout cela vient du scarabée.

Voyant qu'il n'y avait plus rien à tirer de Jupiter, tout à son obsession du scarabée, je m'embar-
quai sur le bateau et nous mîmes à la voile. Une
bonne et forte brise aidant, nous atterrîmes bientôt dans une petite anse au nord du Fort Moultrie,
d'où une demi-heure de marche nous amena à la
cabane. Il était environ trois heures de l'après-midi;
Legrand nous attendait avec impatience. Il me serra
la main avec un empressement nerveux qui m'effraya,
et fortifia les soupçons que j'avais déjà conçus. Son
visage était d'une pâleur livide, ses yeux enfoncés
dans leur orbite brillaient d'un éclat anormal. Après
m'être informé de sa santé, ne sachant de quoi parler, je lui demandai si le lieutenant G... lui avait
rendu le scarabée.

— Oh oui, répondit-il en rougissant vivement, il
me l'a rendu le lendemain matin. Pour rien au
monde, je ne me séparerais de ce scarabée. Savez-
vous que Jupiter a raison là-dessus?

— Comment ça? fis-je, le cœur saisi d'un triste
pressentiment.

— En croyant que c'est un scarabée en or véritable !

Il dit ces mots avec un grand sérieux, qui me troubla cruellement.

— Ce scarabée me fera faire fortune, poursuivit-il avec un sourire de triomphe, me rendra les biens de ma famille. Dès lors est-il étonnant que je le chérisse ? Puisque la Destinée a trouvé bon de m'en faire cadeau, je n'ai qu'à bien m'en servir et je trouverai l'or dont il est l'indice. Jupiter, apporte-moi le scarabée.

— Comment ? le scarabée, massa ? J'aime mieux ne pas le déranger, ce scarabée. Il faut que vous le cherchiez vous-même.

Legrand se leva d'un air grave et majestueux, et alla lui-même prendre le scarabée dans une vitrine où il l'avait enfermé. C'était un scarabée magnifique, encore inconnu des naturalistes à cette époque, et une trouvaille précieuse au point de vue scientifique. Il avait deux points noirs ronds à une extrémité du dos, et une tache longue près de l'autre. Les écailles extrêmement dures et brillantes avaient tout l'air de l'or bruni. Le poids de l'insecte était remarquable, et toutes choses considérées, je ne pouvais guère m'étonner de l'idée de Jupiter, mais que Legrand partageât cette opinion, voilà qui était bien autrement étrange.

— Je vous ai fait venir — dit-il d'un ton pompeux, dès que j'eus examiné le scarabée — je vous ai fait venir pour que vous m'aidiez à mettre à exécution les desseins du Sort et du Scarabée.

— Mon cher Legrand, m'écriai-je en l'interrompant, vous êtes certainement souffrant, et feriez mieux de prendre quelques petites précautions. Vous vous coucherez, et je resterai auprès de vous jusqu'à ce que votre indisposition soit passée. Vous avez la fièvre, et...

— Tâtez mon pouls, dit-il.

Je le fis sans y trouver la moindre accélération.

— Mais vous pouvez être malade sans avoir la fièvre. Laissez-moi vous soigner pour une fois. En premier lieu, couchez-vous; ensuite...

— Vous vous trompez — interrompit-il — je vais
aussi bien que possible, vu l'agitation dont je souffre.
Si vous me voulez vraiment du bien, vous m'aiderez
à calmer cette agitation.

— Que faut-il faire pour cela?

— Ce sera bien facile. Jupiter et moi nous allons
faire une expédition à la montagne, sur le continent,
et nous avons besoin de l'aide de quelqu'un dont la
discrétion nous soit assurée. Vous êtes la seule personne à laquelle nous puissions nous fier. Que notre
projet réussisse ou qu'il échoue, l'agitation à laquelle
vous me voyez en proie en sera également calmée.

— Je suis entièrement à votre disposition; mais
voulez-vous dire que ce scarabée de malheur a quelque chose à faire avec votre expédition?

— Oui, certes.

— Dans ce cas. Legrand, je ne saurais m'associer
à une entreprise aussi absurde.

— Je le regrette; je le regrette beaucoup; car il
nous faudra alors l'essayer tout seuls.

— L'essayer tout seuls! Il est fou assurément! —
Attendez donc; combien de temps comptez-vous être
absents?

— Toute la nuit probablement. Nous partons à
l'instant, et serons de retour dans tous les cas au
lever du soleil.

— Et me donnerez-vous votre parole d'honneur
qu'une fois votre caprice satisfait, et l'affaire du
scarabée (bonté divine!) résolue à votre gré, vous
rentrerez et vous vous soumettrez à mes conseils
comme à ceux d'un médecin?

— Je vous le promets; mais partons tout de suite,
car nous n'avons pas de temps à perdre.

Le cœur gros, j'accompagnai mon ami. Nous nous
mîmes en route vers quatre heures, Legrand, Jupiter, le chien et moi. Jupiter portait la faux et les
pelles, dont il voulait à tout prix se charger, plutôt
à ce qu'il me semblait par crainte de mettre un de
ces instruments à portée de son maître, que par excès
d'activité ou de bonne volonté. Il avait un air d'entêtement bourru, et « ce sacré scarabée » furent les
seuls mots qui s'échappèrent de ses lèvres au cours

du voyage. Pour ma part j'étais porteur de deux
lanternes sourdes, tandis que Legrand se contentait
de porter le scarabée qu'il avait attaché à un bout
de ficelle, et qu'il faisait tournoyer avec des airs de
prestidigitateur tout en marchant. Cette dernière
preuve de ce qui me paraissait l'aberration d'esprit
de mon pauvre ami, me fit presque verser des larmes.
Je trouvai pourtant mieux de flatter son caprice en
attendant de pouvoir prendre des moyens plus éner-
giques avec quelque chance de succès. Pour le moment
j'essayai, mais en vain, de le sonder quant au but
de l'expédition. Il semblait satisfait d'avoir réussi à
me persuader de l'accompagner, et ne voulait pas
causer; à toutes mes questions il n'accorda d'autre
réponse que : « Nous verrons. »

Nous traversâmes sur un esquif le ruisseau à l'extrémité de l'île, et gravissant les hauteurs de la côte
nous nous dirigeâmes vers le nord-ouest à travers un
pays extrêmement sauvage et désert, où ne se voyait
aucune trace de pas humains. Legrand marchait en
tête d'un air résolu, s'arrêtant seulement un instant
de loin en loin pour consulter certains jalons qu'il
semblait y avoir préalablement posés.

Nous continuâmes ainsi notre chemin pendant deux
heures environ, et le soleil allait disparaître lorsque
nous entrâmes dans une région infiniment plus triste
qu'aucune de celles par où nous avions passé jusque-
là. C'était une sorte de grand plateau, près du sommet d'une colline presque inaccessible, et couverte
de la base jusqu'à la cime d'une épaisse forêt. De
loin en loin sur la pente se dressaient d'énormes
rochers qui semblaient simplement posés sur le sol,
et que les troncs des arbres contre lesquels ils s'ap-
puyaient empêchaient seuls de rouler en bas dans
les vallées. De profonds ravins creusés dans toutes
les directions ajoutaient encore à l'aspect solennel
de la scène.

D'épaisses broussailles recouvraient la plate-forme
naturelle sur laquelle nous étions grimpés, et jamais nous n'aurions pu sans l'aide de la faux nous
frayer un passage à travers ce fouillis. Sur l'ordre
de son maître, Jupiter nous tailla un sentier jus-

qu'au pied d'un tulipier géant qui s'y dressait entouré de huit ou dix chênes, qu'il surpassait tous, ainsi que tous les arbres que j'avais vus jusque-là, non seulement par la beauté de son feuillage et de sa forme, et l'étendue de ses branches, mais aussi par son aspect majestueux. Arrivé au pied de l'arbre, Legrand se tourna vers Jupiter et lui demanda s'il saurait y grimper. Légèrement abasourdi à cette question, le vieillard ne donna pas une réponse immédiate. S'approchant enfin de l'énorme tronc, il en fit lentement le tour, l'examinant avec la plus grande attention. Son examen terminé, il dit simplement :

— Oui, massa. Jupiter n'a jamais vu d'arbre qu'il ne saurait grimper.

— Dans ce cas, montes-y le plus vite possible, car il fera bientôt trop sombre pour voir ce que nous faisons.

— Jusqu'où me faut-il aller, massa ?

— Monte d'abord jusqu'à la première fourche, et je te dirai ensuite de quel côté il faudra aller. — Un instant — attends — prends ce scarabée avec toi.

— Le scarabée, massa Will ! le scarabée d'or ! s'écria le nègre en reculant avec effroi. Pourquoi faut-il porter ce scarabée sur l'arbre ? du diable si je le fais !

— Si tu as peur, Jupiter, un grand nègre comme toi, de prendre dans la main un petit scarabée mort et inoffensif, tu peux le porter par cette ficelle ; mais si tu ne le prends pas de quelque façon, je me verrai dans la nécessité de te casser les os avec cette pelle.

— Qu'avez-vous donc maintenant, massa, dit Jupiter, que la honte poussait évidemment à obéir ; vous voulez toujours faire des histoires au vieux nègre. Je plaisantais seulement. Moi, avoir peur du scarabée ! est-ce que je m'en soucie du scarabée ? A ces mots il prit avec précaution de bout de la ficelle, et maintenant l'insecte aussi loin de sa personne que le permettaient les circonstances, il se disposa à grimper sur l'arbre.

Le tulipier, ou Liriodendron tulipeferum, a dans sa jeunesse un tronc remarquablement lisse, et s'élève souvent jusqu'à une hauteur considérable sans porter de branches latérales ; mais dans sa maturité l'écorce devient noueuse et rugueuse, tandis qu'un grand nombre de courtes branches font leur apparition sur le tronc. La difficulté était donc, dans le cas actuel, plus apparente que réelle. Embrassant l'énorme cylindre aussi étroitement que possible de ses bras et de ses genoux, saisissant quelques saillies de ses mains et posant ses pieds nus sur d'autres, Jupiter, après avoir une ou deux fois tout juste échappé à une chute, avait enfin gagné la première fourche, et semblait considérer l'affaire comme à peu près terminée. Le danger de l'exploit était en effet passé, quoique le nègre se trouvât à dix-huit ou vingt mètres du sol.

— De quel côté faut-il aller maintenant, massa Will, demanda-t-il.

— Continue à monter à la plus grosse branche, celle de ce côté, dit Legrand. Jupiter obéit sans grande difficulté, montant toujours plus haut jusqu'à ce qu'on ne pût plus apercevoir son corps trapu à travers l'épais feuillage qui le recouvrait. Bientôt on entendit sa voix crier :

— Faut-il monter plus haut ?

— Où en es-tu ? demanda Legrand.

— Bien, bien loin, répondit le nègre ; je vois le ciel à travers la cime de l'arbre.

— Ne regarde pas le ciel, mais fais attention à ce que je te dis. Regarde en bas le tronc, et compte les branches de ce côté au-dessous de toi. Combien de branches as-tu dépassées ?

— Une, deux, trois, quatre, cinq — j'ai passé cinq grandes branches de ce côté, massa.

— Alors monte encore une branche plus haut.

Quelques minutes après on entendit de nouveau la voix de Jupiter annoncer qu'il avait atteint la septième branche.

— Maintenant, Jupiter, cria Legrand, évidemment en proie à une forte émotion, je veux que tu ailles aussi loin que tu le peux sur cette branche. Si tu vois quelque chose d'étrange, tu me le diras.

Les doutes que j'avais encore pu conserver sur la

folie de mon pauvre ami, étaient maintenant dissipés. Il ne me restait pas d'autre hypothèse que de le croire atteint d'aliénation mentale, et j'avais hâte de le faire rentrer chez lui. Pendant que je me demandais ce qu'il y avait de mieux à faire, la voix de Jupiter se fit de nouveau entendre.

— J'ai bien peur d'aller très loin sur cette branche ; elle est morte, elle est toute desséchée.

— Tu dis que c'est une branche morte, Jupiter ? s'écria Legrand d'une voix tremblante.

— Oui, Massa, elle est bien morte — bien finie — elle n'a plus de vie.

— Au nom du ciel, que ferai-je ? — demanda Legrand qui sembla en proie à la plus vive inquiétude.

— Ce que vous ferez ? — lui dis-je, heureux de l'occasion de placer mon mot, — mais vous rentrerez vous coucher. Soyez donc raisonnable. Il se fait tard, et puis vous vous rappelez votre promesse.

— Jupiter, cria-t-il sans accorder la moindre attention à mes paroles, m'entends-tu ?

— Oui, Massa Will, je vous entends très bien.

— Alors essaie bien le bois avec ton couteau, et vois s'il te semble tout à fait pourri.

— Il est pourri, Massa, bien sûr, répondit le nègre au bout de quelques instants, mais pas aussi pourri qu'il pourrait l'être. Je pourrais bien m'y risquer tout seul, c'est vrai.

— Tout seul ! que veux-tu dire ?

— Mais je veux dire le scarabée. C'est un scarabée très lourd. Si je le laissais tomber d'abord, la branche ne casserait pas sous le poids d'un seul nègre.

— Vieux coquin ! s'écria Legrand, qui semblait respirer de nouveau, comment oses-tu me dire de telles bêtises ? Si tu lâches le scarabée, je te romprai le cou. Ecoute, Jupiter, m'entends-tu ?

— Oui, Massa, pas besoin de crier comme ça au pauvre nègre.

— Eh bien, écoute maintenant ! Si tu t'aventures sur cette branche aussi loin que tu la crois sûre, je te ferai cadeau d'un dollar en argent dès que tu descendras.

— J'y vais, Massa Will, j'y vais, bien sûr — répondit promptement le nègre. — Me voilà presque au bout.

— Au bout ! hurla Legrand ; dis-tu que tu es au bout de cette branche ?

— J'y serai bientôt, Massa — o-o-o-o-oh ! Dieu de miséricorde ! qu'est-ce que ceci sur l'arbre ?

— Eh bien, dit Legrand enchanté, qu'est-ce donc ?

— Mais ce n'est qu'un crâne — quelqu'un qui a laissé sa tête sur l'arbre, et les corbeaux lui ont dévoré toute la viande.

— Un crâne ? dis-tu. Très bien ! Comment est-il fixé à la branche ? qu'est-ce qui le tient ?

— Mais, Massa, il faut que je regarde. Ma parole, voilà qui est bien étrange. Il y a un gros clou dans le crâne, qui le tient à l'arbre.

— Eh bien, maintenant, Jupiter, fais exactement ce que je te dis — tu m'entends ?

— Oui, Massa.

— Fais attention alors. Trouve l'œil gauche du crâne.

— Oh,— ah ! très bien ! Mais il n'y a plus d'yeux du tout !

— Peste soit de ta bêtise ! Sais-tu distinguer ta main droite de ta main gauche ?

— Si je le sais ? Je crois bien que je le sais — c'est avec ma main gauche que je coupe le bois.

— C'est vrai ! tu es gaucher. Eh bien ton œil gauche est du même côté que ta main gauche. Je suppose que tu sauras maintenant trouver l'œil gauche du crâne, ou plutôt l'endroit qu'a occupé l'œil gauche. L'as-tu trouvé ?

Il se fit un long silence. Le nègre demanda enfin :

— L'œil gauche du crâne est-il du même côté que la main gauche du crâne ? — car le crâne n'a pas de main du tout — tant pis ! Voilà l'œil gauche maintenant — c'est ça l'œil gauche ! que faut-il en faire ?

— Laisse tomber le scarabée par le trou aussi loin que tu le pourras, en ayant soin de ne pas lâcher la ficelle.

— Ça y est, Massa Will ; pas difficile de faire passer le scarabée par ce trou ; attention là-dessous !

Pendant ce dialogue Jupiter était demeuré complètement invisible; mais le scarabée qu'il avait laissé descendre, se faisait maintenant voir au bout de la ficelle, et brillait comme un globe d'or bruni sous les derniers rayons du soleil couchant, qui éclairaient encore faiblement la hauteur sur laquelle nous nous tenions. Le scarabée se balançait librement sans toucher aux branches; lâché il serait tombé à nos pieds. Legrand s'empara aussitôt de la faux, et ayant déblayé le terrain sur un espace circulaire de trois à quatre mètres de diamètre juste au-dessous de l'insecte, il dit à Jupiter de lâcher la ficelle et de descendre de l'arbre.

Ayant enfoncé une cheville dans le sol à l'endroit précis où était tombé le scarabée, mon ami tira de sa poche un centimètre dont il fixa un bout à l'endroit du tronc le plus rapproché, le déroulant ensuite jusqu'à la cheville et au delà sur une longueur de quinze mètres, dans la direction déterminée par ces deux points, tandis que Jupiter enlevait les broussailles avec la faux. Au point ainsi obtenu on planta une seconde cheville, autour de laquelle, prise comme centre, on décrivit un cercle d'un diamètre de 1 m. 20. Prenant lui-même une pelle, et en ayant donné à Jupiter et à moi, Legrand nous supplia de nous mettre à creuser le plus vite possible.

A vrai dire je ne goûte jamais beaucoup pareil divertissement, et à ce moment j'aurais volontiers refusé, car la nuit venait, et notre longue course m'avait déjà assez fatigué. Mais je ne voyais aucun moyen d'y échapper sans risquer de bouleverser la tranquillité d'esprit de mon pauvre ami. Certes si j'avais pu compter sur l'aide de Jupiter, je n'aurais pas hésité à chercher à faire rentrer l'aliéné de force; mais je connaissais trop bien le caractère du vieux nègre pour espérer qu'il me prêtât main forte contre la personne de son maître. Je ne doutais pas qu'une de ces légendes de trésor caché, si nombreuses dans ce pays méridional, ne se fût emparé de l'esprit de ce dernier, et que la découverte du scarabée n'eût confirmé cette fantaisie, appuyée par l'entêtement de Jupiter à le proclamer un « scarabée en or

véritable. » Un esprit prédisposé à l'aliénation mentale se prendrait facilement à de telles suggestions,
surtout si elles s'accordaient avec des idées précon-
çues et chères, — et je me rappelai alors comment le
malheureux avait dit que le scarabée était « l'indice
de sa fortune ». En somme, j'étais cruellement vexé
et intrigué, mais je résolus de faire contre
mauvaise fortune bon cœur, et de bêcher avec bonne
volonté, dans l'espoir de hâter le dénouement, et de
convaincre le visionnaire, par une démonstration ocu-
laire, de l'erreur de ses opinions.

Nous nous mîmes à l'œuvre avec un zèle digne d'une
meilleure cause ; et, vus ainsi à la lueur vacillante
des lanternes, nous formions un groupe vraiment pit-
toresque, mais je ne pus m'empêcher de penser que
si par hasard quelqu'un nous surprenait, notre travail paraîtrait étrange, et même suspect à ses yeux.

Nous creusâmes ainsi pendant deux heures, sans
nous arrêter et presque sans parler, interrompus seulement par les aboiements incessants du chien qui
s'intéressait vivement à nos mouvements. Il aboyait
si fort que nous craignîmes enfin qu'il ne donnât
l'alarme, dans le cas où quelques personnes se fussent
trouvées dans le voisinage ; ou plutôt Legrand le
craignit, car pour ma part je me serais réjoui d'une
intervention quelconque qui eût forcé mon ami de
rentrer chez lui. Jupiter fit enfin cesser le bruit d'une
manière efficace ; sortant du trou d'un air résolu, il
musela la bête avec une de ses bretelles, pui revint,
riant tout bas, à son travail.

Au bout de deux heures nous avions atteint une
profondeur de 1 m. 20, et on ne voyait encore aucun
signe du trésor. Un repos général s'ensuivit, et je me
mis à espérer que la comédie était finie. Legrand,
cependant, bien que fort déconcerté, s'essuya le front
d'un air pensif, et se remit à l'ouvrage. Nous avions
creusé jusqu'aux limites du cercle, que nous nous
mîmes maintenant à élargir un peu, et nous poursui-
vîmes notre travail jusqu'à une profondeur de cinquante centimètres de plus. On ne voyait toujours
rien. Le chercheur d'or, que je plaignais sincèrement,
sortit enfin de la fosse, la déception la plus amère

écrite sur tous ses traits, et se mit lentement et à regret à endosser son paletot, qu'il avait ôté en commençant son travail. Sur un signe de son maître, Jupiter rassembla les outils, puis il démusela le chien, et nous commençâmes à rebrousser chemin.

Nous avions à peine fait une douzaine de pas lorsque Legrand, avec un gros juron, se jeta sur Jupiter, et le saisit au collet. Le nègre étonné, ouvrit tout grands les yeux et la bouche, lâcha son fardeau et tomba à genoux.

— Gredin que tu es, siffla Legrand entre ses dents, coquin infernal! parle, te dis-je! réponds-moi à l'instant sans détour! Lequel est ton œil gauche?

— Oh mon Dieu, Massa Will! celui-ci n'est-il pas, bien sûr, mon œil gauche? hurla Jupiter épouvanté, mettant sa main sur l'organe droit de la vision, et l'y gardant avec un entêtement désespéré, comme s'il craignait que son maître n'essayât immédiatement de lui arracher l'œil.

— Je me l'étais bien dit! je le savais! hourra! cria Legrand, lâchant le nègre, et se mettant à exécuter un pas seul, au grand ébahissement de son domestique qui, se relevant, nous regarda tour à tour en silence.

— Allons, il faut revenir sur nos pas, dit Legrand; la partie n'est pas encore perdue, et il nous guida de nouveau vers le tulipier.

— Jupiter, dit-il, quand nous fûmes arrivés au pied de l'arbre, viens ici! Le crâne était-il cloué à la branche avec le visage tourné au dehors, ou bien avec le visage contre la branche?

— Le visage était tourné au dehors, Massa, de façon que les corbeaux puissent facilement arriver aux yeux.

— Eh bien, était-ce cet œil-ci ou bien celui-là, par lequel tu as laissé tomber le scarabée? dit Legrand en touchant successivement les yeux de Jupiter.

— C'était cet œil-ci, Massa, — l'œil gauche — comme vous me l'avez dit, et le nègre indiqua son œil droit.

— Cela suffit — nous allons recommencer. Et enlevant la cheville qui marquait l'endroit où le scarabée était tombé, mon ami, dans la folie duquel je commençais à entrevoir une certaine méthode, la repiqua à sept ou huit centimètres à l'ouest de sa position première. Déroulant ensuite le centimètre, en passant du tronc de l'arbre à la cheville, et au delà en ligne droite, jusqu'à une distance de quinze mètres, un nouveau point fut trouvé, éloigné de plusieurs mètres de celui où nous venions de creuser.

Autour de ce point on traça un cercle un peu plus grand que le premier, et reprenant les pelles nous nous mîmes de nouveau à l'œuvre. J'étais terriblement fatigué, mais sans me rendre compte de ce qui avait changé le cours de mes idées, je ne ressentais plus d'aversion pour le travail qui m'était imposé. Je m'y intéressai d'une façon inexplicable qui m'excitait même. Peut-être était-ce quelque chose qui perçait à travers les extravagances de Legrand, quelque apparence de préméditation ou de délibération qui m'impressionnait. Je creusais avec entrain, et de temps en temps je me surprenais même à chercher, avec un sentiment qui ressemblait à l'attente, le trésor imaginaire dont la vision avait détraqué l'esprit de mon pauvre camarade.

Nous avions travaillé environ une heure et demie, et j'étais complètement sous l'influence de ces pensées, lorsque de nouveaux hurlements violents du chien vinrent nous interrompre. S'il avait fait tant de tapage auparavant ce n'était que pour folâtrer, mais cette fois il aboyait sérieusement, comme si quelque chose l'inquiétait et l'agitait. Il résista à tous les efforts de Jupiter pour le museler, et bondissant dans la fosse, il se mit à gratter la terre furieusement. En quelques secondes il eut mis à découvert une masse d'ossements humains, formant deux squelettes entiers, entremêlés de plusieurs boutons de métal, et de ce qui semblait être des restes de vêtements tombés en poussière. Quelques coups de bêche découvrirent d'abord la lame d'un couteau espagnol, et un peu plus loin trois ou quatre pièces d'or et argent.

A cette vue la joie de Jupiter put à peine se contenir, tandis que le visage de son maître trahissait

Ce temps nous suffit pour déterrer à peu près complètement
un coffre rectangulaire en bois. (P. 48.)

une profonde déception. Il nous pria pourtant de continuer nos efforts, et presqu'au même moment je trébuchai et faillis tomber, ayant pris la pointe de ma botte dans un grand anneau en fer à moitié enfoui dans la terre que nous venions de retourner.

Nous redoublâmes nos efforts, et jamais je n'ai passé dix minutes dans un tel état d'agitation. Ce temps nous suffit pour déterrer à peu près complètement un coffre rectangulaire en bois, dont la merveilleuse dureté et l'état de conservation parfaite prouvaient bien qu'on l'avait soumis à quelque procédé chimique — peut-être au traitement par le bichlorure de mercure. Ce coffre avait un mètre cinq de long sur quatre-vingt-dix centimètres de large et soixante-quinze de profondeur. Des bandes de fer forgé rivées tout autour, le couvraient d'une espèce de treillis. De chaque côté se trouvaient trois anneaux de fer — six en tout — au moyen desquels six personnes pouvaient l'empoigner solidement. Tous nos efforts réunis ne purent que légèrement ébranler le coffre, sans le changer de place. Nous reconnûmes aussitôt l'impossibilité de déplacer un objet d'un poids aussi considérable. Mais le couvercle n'étant fermé que par deux verrous, nous pûmes les retirer, non sans trembler et haleter d'angoisse. Aussitôt un trésor d'une valeur incalculable brilla à nos yeux. Sous les rayons des lanternes illuminant la fosse, rejaillit l'éclat d'un monceau étincelant d'or et de bijoux, dont nos yeux furent éblouis.

Je ne prétends pas décrire les émotions qui m'envahirent à cette vue, mais où l'étonnement dominait naturellement. Legrand semblait épuisé par l'agitation et ne dit que peu de mots. Pendant quelques minutes le visage de Jupiter devint aussi pâle que la nature le permet à un nègre; il paraissait stupéfait, foudroyé. Tout à coup il tomba à genoux dans la fosse, et enfonçant les bras dans l'or jusqu'au coude, il les y laissa tremper comme s'il prenait un bain. Enfin, poussant un gros soupir il s'écria, en s'adressant à lui-même :

— Et tout cela vient du scarabée d'or ! le joli scarabée d'or ! pauvre petit scarabée d'or, que j'ai

injurié de façon si brutale ! N'as-tu pas honte, nègre ? dis-moi ça !

Il me fallut enfin rappeler au maître et au domestique la nécessité d'enlever le trésor, car il se faisait
tard, et il n'y avait pas de temps à perdre, si nous
voulions tout caser avant le jour. La difficulté était
de décider ce qu'il fallait faire, et un bon moment
se passa en délibération, tant nos idées étaient
confuses. Nous résolûmes enfin d'alléger le coffre
des deux tiers de son contenu, ce qui nous permit de
le sortir, non sans peine, de la fosse. Ayant caché
les objets enlevés dans les broussailles, nous les
laissâmes sous la garde du chien, auquel Jupiter
donna la consigne de ne bouger, ni d'ouvrir la bouche sous aucun prétexte, avant notre retour. Nous
nous mîmes en route au plus vite, portant le coffre,
et arrivâmes à la cabane, après de grandes fatigues,
vers une heure du matin. Ereintés, nous ne pûmes
rien faire avant de nous être reposés; puis ayant
soupé nous nous mîmes de nouveau en route pour la
montagne, munis de trois gros sacs qui par bonheur
se trouvaient dans la cabane. Un peu avant quatre
heures nous étions déjà arrivés à la fosse, et ayant
divisé le reste du butin en trois parts aussi égales
que possible, sans combler les fosses, nous retour-
nâmes à la cabane, où pour la seconde fois nous
déposâmes nos précieux fardeaux, juste au moment
où les premiers pâles rayons de l'aurore se firent voir
à l'est au-dessus des cimes des arbres.

Epuisés de fatigue, notre vive émotion nous em-
pêcha pourtant de nous reposer. Après un sommeil
agité de quelques heures, nous nous levâmes comme
si nous nous étions entendus pour le faire, et nous
nous disposâmes à faire l'examen du trésor.

Le coffre ayant été rempli jusqu'aux bords, nous
passâmes la journée entière et une bonne partie de
la nuit suivante à passer en revue ce qu'il contenait. Aucune considération d'ordre n'avait présidé
à la disposition des objets, qu'on y avait entassés
n'importe comment. Ayant tout classé avec soin,
nous nous trouvâmes en possession de richesses encore plus grandes que nous ne l'avions tout d'abord

supposé. Il y avait pour un peu plus de deux millions en monnaie, en estimant la valeur des pièces
aussi exactement que possible d'après les tables de
l'époque. Point d'argent ; le tout était en pièces d'or
très anciennes et d'une grande variété — des pièces
françaises, espagnoles, allemandes, quelques guinées anglaises, et quelques autres pièces qui nous
étaient totalement inconnues ; quelques-unes aussi
très grandes et très lourdes, mais tellement usées
que nous ne pûmes en déchiffrer l'inscription ; aucune pièce américaine. C'était chose plus difficile
d'évaluer les bijoux. En tout nous trouvâmes : cent
dix diamants, dont aucun n'était petit, et quelques-
uns extrêmement grands et beaux ; dix-huit rubis
d'un éclat remarquable ; trois cent dix émeraudes,
toutes très belles ; vingt et un saphirs et une opale.
Toutes ces pierreries avaient été démontées et jetées
pêle-mêle dans le coffre. Les montures elles-mêmes,
que nous retrouvâmes parmi les autres objets en or,
semblaient avoir été aplaties à coups de marteau,
afin qu'on ne pût les reconnaître. En plus il y avait
un grand nombre de parures en or massif ; près de
deux cents bagues et boucles d'oreilles ; des chaînes
superbes, au nombre de trente, si je ne me trompe ;
quatre-vingt-trois grands et pesants crucifix ; cinq
encensoirs d'or d'une grande valeur ; une magnifique
coupe en or, ornée de feuilles de vigne et de sujets
bachiques richement ciselés ; deux poignées d'épée
bosselées, d'un travail exquis, et plusieurs autres
petits objets dont je ne me souviens plus. Le poids
de ces objets de valeur dépassait trois cent cinquante
livres, sans compter cent quatre-vingt-dix-sept montres superbes, dont trois au moins valaient au moins
deux mille cinq cents francs chacune. Plusieurs étaient
très anciennes et sans valeur comme chronomètres,
les rouages étant plus ou moins rouillés ; mais la
boîte, couverte de pierreries, était de grand prix.
Nous évaluâmes le contenu entier du coffre à un
million et demi de dollars, soit plus de sept millions
et demi de francs ; mais lorsqu'on fit plus tard la
vente des bijoux et des joyaux (dont nous n'avions
réservé qu'un petit nombre pour nous), il se trouva

que nous avions estimé le trésor bien au-dessous de
sa valeur.

Notre examen enfin terminé, et l'agitation intense
du moment en une certaine mesure calmée, Legrand, voyant que je me mourais d'impatience en attendant la solution de cette énigme extraordinaire,
me raconta en détail toutes les circonstances qui
s'y rapportaient.

— Vous vous rappelez sans doute, dit-il, que le
soir où je vous ai montré le dessin que je venais de
faire du scarabée, je me suis fâché lorsque vous avez
soutenu que mon dessin ressemblait à une tête de
mort. J'ai cru d'abord que vous plaisantiez, mais
ensuite je me suis rappelé les étranges taches noires
sur le dos de l'insecte, et je dus reconnaître que votre observation était jusqu'à un certain point justi-
fiée. Cependant votre critique de mon talent artis-
tique me vexa, car on trouve que je ne dessine pas
trop mal, et c'est pour cela que, lorsque vous m'avez
rendu le bout de parchemin, j'étais sur le point de
le froisser avec colère, et de le jeter au feu.

— Vous voulez dire le bout de papier ? fis-je.

— Non, c'est vrai qu'il en avait l'air, et que
d'abord, moi-même, je l'ai pris pour du papier,
mais en y essayant ma plume je découvris tout
de suite que c'était une feuille de parchemin.
Vous vous rappelez qu'elle était bien sale, n'est-ce
pas? Eh bien, au moment de la jeter, mon regard tomba sur le dessin que vous veniez de regarder, et vous pouvez vous figurer mon étonnement
lorsque je constatai qu'il y avait en effet une tête
de mort juste à l'endroit où il me semblait avoir
dessiné le scarabée. Sur le moment je fus trop
étonné pour réfléchir clairement. Je savais que le
détail de mon dessin différait fort de celui-ci, bien
qu'il y eût une certaine similarité dans les traits
généraux. Ayant pris une bougie et m'étant assis
à l'autre bout de la chambre, je me mis à examiner le
parchemin d'une façon plus minutieuse. En le retournant je vis mon propre dessin sur le revers, exactement tel que je l'avais fait. Mon premier senti-

ment ne fut que de l'étonnement de voir qu'à mon insu, juste sous mon dessin du scarabée, il se trouvât un crâne et que ce crâne ressemblât tant, non seulement de dimensions mais aussi de forme. à mon dessin. Je vous dis que cette singulière coïncidence me stupéfia absolument pendant un moment. C'est là l'effet ordinaire de telles coïncidences. L'esprit s'efforce de trouver une relation — un rapport de cause à effet — et n'y arrivant pas, se trouve dans un état de paralysie momentanée. Mais en revenant de cette stupeur je fus peu à peu dominé par une certitude qui m'émut bien autrement que la coïncidence. Je me rappelai distinctement, positivement, qu'il n'y avait aucun dessin sur le parchemin lorsque j'avais tracé mon scarabée. J'en étais sûr, car je me rappelais l'avoir tourné et retourné dans tous les sens, afin de trouver l'endroit le plus propre. Si le crâne eût été là, je n'aurais pu manquer de m'en apercevoir. J'étais donc en présence d'un mystère inexplicable, et pourtant il semblait déjà y avoir dans les profondeurs presque inconscientes de mon entendement une lueur de cette vérité dont notre aventure d'hier soir a donné une preuve si éclatante. Je me levai aussitôt et ayant serré le parchemin avec soin, j'attendis d'être seul pour me livrer de nouveau à mes réflexions.

Quand vous fûtes parti, et que Jupiter dormait à poings fermés, j'entrepris un examen plus systématique de la chose. En premier lieu je réfléchis sur la façon dont le parchemin était tombé entre mes mains. Nous avions trouvé le scarabée sur la côte à plus d'un kilomètre à l'est de l'île, et à peu de distance au-dessus du niveau de la marée haute. En le saisissant j'en fus cruellement piqué, et je le laissai tomber. Jupiter, avec sa prudence habituelle, chercha une feuille, ou quelque chose de ce genre, pour prendre l'insecte qui volait vers lui. A ce moment nous aperçûmes le bout de parchemin que je pris alors pour du papier. Il était à moitié enfoui dans le sable, un coin seul en sortant. Près de l'endroit où nous l'avons trouvé je vis les restes de la coque de ce qui avait autrefois été une chaloupe.

L'épave devait être là depuis très longtemps, car les traces de la charpente se retrouvaient à peine.

« Jupiter ramassa donc le parchemin, en enveloppa le scarabée et me le passa. Nous nous décidâmes bientôt à rentrer, et en route nous rencontrâmes le lieutenant G.... Je lui fis voir l'insecte, et il me pria de lui permettre de l'emporter au fort. J'y consentis, et il glissa le scarabée dans la poche de son gilet, sans le parchemin dans lequel il avait été enveloppé, et que je continuai à tenir à la main tout le temps que dura son examen de la bête. Peut-être craignait-il de me voir revenir sur ma décision, et crut-il bon de s'assurer tout de suite le butin, — vous savez comme il s'enthousiasme pour toutes les questions d'histoire naturelle. En même temps, sans le savoir, je dois avoir remis le parchemin dans ma poche.

« Vous vous rappelez qu'en m'approchant de la table pour faire mon dessin, je ne trouvai pas de papier là où j'en gardais d'habitude. Je n'en trouvai pas dans le tiroir non plus. Fouillant mes poches dans l'espoir d'y trouver une vieille lettre, ma main rencontra le parchemin. Si je vous donne tous ces détails sur la façon dont le parchemin me tomba entre les mains, c'est que les circonstances me firent une vive impression.

« Vous me croirez sans doute d'humeur fantasque si je vous dis que j'avais déjà établi une sorte de rapport. J'avais soudé deux anneaux d'une grande chaîne. Un bateau était échoué sur le rivage, et non loin de là se trouvait une feuille de parchemin — non pas de papier — sur lequel était tracé un crâne. Vous me demanderez naturellement : « Quel rapport y a-t-il là ? » Je réponds que le crâne ou la tête de mort est l'emblème bien connu des pirates, qui hissent le pavillon de la tête de mort dans tous les combats.

« J'ai déjà dit que la feuille était de parchemin et non de papier. Or le parchemin est durable, pour ainsi dire impérissable. On inscrit rarement des choses de peu d'importance sur du parchemin, car il se prête moins bien que le papier à l'écriture et au dessin. Cette réflexion me donna l'idée que la tête de mort avait une signification, une intention quelconque. Je ne manquai pas non plus d'observer la forme du parchemin. Bien qu'un des coins en eût été arraché par quelque accident, on pouvait croire qu'il avait été de forme rectangulaire. C'était une feuille telle qu'on en aurait choisie pour y inscrire un mémoire, une note de quelque chose à retenir, et à conserver avec soin. »

— Mais, interrompis-je, vous venez de dire que le crâne n'était pas tracé sur le parchemin lorsque vous y avez dessiné le scarabée. Comment pouvez-vous donc établir un rapport entre le bateau et le crâne, puisque, de votre propre aveu, celui-ci n'a été tracé (Dieu sait comment, et par qui) qu'à un moment ultérieur à celui où vous avez fait votre dessin ?

— Voilà en effet le nœud du mystère; bien que je n'eusse pas grande difficulté à résoudre cette partie de l'énigme. Mon raisonnement était impeccable, et ne pouvait donner lieu qu'à une seule conclusion. J'avais raisonné ainsi : Lorsque j'ai dessiné le scarabée, il n'y avait pas de crâne visible sur le parchemin. Mon dessin terminé, je vous l'ai passé, et je n'ai cessé de vous regarder jusqu'à ce que vous me l'ayez rendu. Ce n'est donc pas vous qui avez dessiné le crâne, et il n'y avait personne d'autre présent qui pût le faire. Cela n'a donc pas été fait par un être humain, et pourtant cela s'est fait.

« A ce point de mes réflexions je cherchai à me rappeler tout ce qui s'est passé à ce moment, ce que je parvins à faire avec une parfaite exactitude. Il faisait froid (accident rare, et fort heureux!), et un bon feu brillait dans l'âtre. Réchauffé par la course, je m'assis auprès de la table, tandis que vous aviez approché votre fauteuil de la cheminée. Au moment où je vous avais passé le dessin, et où vous alliez l'examiner, Wolf, le terre-neuve, entra et se jeta sur vous. Le caressant de la main gauche tout en le tenant à distance, vous avez laissé tomber votre main droite, avec le parchemin, entre vos genoux, tout près du feu. Un instant croyant que la flamme l'avait atteint, j'allai vous en avertir, mais

avant que j'aie pu parler vous l'aviez déjà retiré,
et étiez occupé à le regarder. En réfléchissant à ces
détails je ne doutai plus que ce fût l'action de la
chaleur qui eût révélé le crâne que je voyais tracé
sur le parchemin. Vous savez qu'il existe des subs-
tances chimiques avec lesquelles on peut écrire sur
le papier ou le vélin de façon que les caractères
ne deviennent visibles que lorsqu'on les soumet
à l'action du feu. On se sert parfois du saffre qui,
dissous dans l'eau régale, et dilué de quatre fois son
poids d'eau, donne une teinte verdâtre. Les sels de
cobalt s'emploient également, et donnent une teinte
rougeâtre. Ces couleurs disparaissent plus ou moins
de temps après que la substance sur laquelle on a
écrit se refroidit, mais réapparaissent à toute nouvelle application de la chaleur.

— J'examinai ensuite avec soin la tête de mort.
Les traits du dessin les plus rapprochés du bord du
vélin étaient beaucoup plus nets que les autres. Il
était évident que l'action de la chaleur avait été
imparfaite ou inégale. Je fis aussitôt du feu et soumis toutes les parties du parchemin à une chaleur
très vive. Tout d'abord le seul résultat fut de rendre
plus distinctes les lignes pâles du crâne, mais en
continuant l'expérience, je vis apparaître, dans un
coin de la feuille diagonalement opposé à celui où
était tracée la tête de mort, un dessin que je pris
en premier lieu pour une chèvre. En y regardant
de plus près, je m'assurai pourtant que cela repré-
sentait un chevreau.

— Ha! ha! m'écriai-je, je n'ai certainement plus
le droit de me moquer de vous — un million et
demi de dollars est une affaire trop sérieuse pour
prêter à rire — mais vous n'allez pourtant pas établir un troisième anneau dans votre chaîne de raisonnement — vous ne saurez trouver aucun rapport
nécessaire entre vos pirates et une chèvre; vous savez
bien que les pirates n'ont rien à faire avec les chè-
vres, qui du reste sont du domaine de l'agriculture.

— Mais j'ai dit que ce n'était pas une chèvre.

— Eh bien, un chevreau, soit — c'est à peu près
la même chose.

— A peu près, mais pas tout à fait, dit Legrand. Il se peut que vous ayez entendu parler d'un certain capitaine Kidd. Or « kid » signifie en anglais chevreau. Je considérai le dessin de l'animal comme une sorte de signature en rébus, ou hiéroglyphique. Je dis signature, parce que sa position sur le vélin faisait naître cette idée. La tête de mort dans le coin diagonalement opposé, avait pareillement l'air d'un sceau ou d'un cachet. Mais j'étais cruellement intrigué par l'absence du reste, — du corps de mon instrument imaginé — du contexte de mon texte.

— Je suppose que vous vous attendiez à trouver une lettre entre le sceau et la signature?

— Quelque chose de ce genre. La vérité, c'est que j'avais le pressentiment d'un grand bonheur. Je ne sais pourquoi. Peut-être n'était-ce après tout qu'un désir plutôt qu'une croyance réelle; mais le croiriez-vous, les sottes paroles de Jupiter, que le scarabée était en or massif, ont eu une influence remarquable sur mon imagination. Et puis il y avait la suite tellement extraordinaire d'accidents et de coïncidences. Vous rendez-vous compte du hasard par lequel ces événements se sont passés le seul jour de l'année où il ait fait assez froid pour qu'on allume le feu, et que sans le feu, et sans l'intervention du chien au moment précis où il est entré, je n'aurais pas vu la tête de mort, et n'aurais par conséquent jamais pris possession du trésor?

— Mais continuez donc; l'impatience me dévore.

— Bien; vous connaissez certainement les nombreux contes, les mille bruits vagues qui courent au sujet d'un trésor caché quelque part sur la côte de l'Océan par Kidd et ses compagnons. Ces bruits doivent être en quelque mesure fondés. Et il me semble que seul le fait que l'argent *reste* toujours caché, a pu permettre à ces rumeurs d'exister, et de se maintenir depuis si longtemps. Si Kidd eût caché son butin momentanément seulement, et l'eût ensuite réclamé, ces bruits ne nous seraient guère parvenus sous leur forme actuelle et invariable. Remarquez aussi que dans ce qu'on raconte il s'agit toujours de *chercheurs* et jamais de *trouveurs* d'or. Si le pirate fût rentré en possession de ses richesses, l'affaire en serait restée là. Quelque accident, me suis-je dit, — la perte du mémoire indiquant le lieu de la cachette par exemple, — a dû lui enlever tout moyen d'en recouvrer possession. Cet accident venant à la connaissance de ses compagnons, a pu leur apprendre l'existence insoupçonnée par eux du trésor, et leurs efforts vains, parce que mal dirigés, pour le retrouver, auront donné d'abord naissance puis cours universel aux rumeurs aujourd'hui si générales. Avez-vous jamais entendu parler de la découverte d'un grand trésor sur cette côte?

— En effet jamais.

— Et pourtant on sait bien que Kidd avait amassé d'énormes richesses. Je fus donc persuadé que la terre les recouvrait toujours; et vous ne vous étonnerez pas si je vous dis que je ressentais un espoir, qui était presque une certitude, que le parchemin retrouvé de cette étrange façon, portait l'indication perdue du lieu du dépôt.

« Mais de quelle façon avez-vous continué vos recherches ? »

« Je tins le vélin de nouveau devant le feu, après en avoir augmenté la chaleur. Cependant rien n'apparut. Je me dis alors que cet échec pouvait bien être dû à la couche de saleté qui recouvrait le parchemin; l'ayant donc rincé avec précaution à l'eau tiède, je le posai dans une poêle en fer-blanc que je plaçai ensuite sur de la braise. Au bout de quelques minutes, la poêle étant parfaitement chauffée, j'en retirai la feuille qu'à ma grande joie je trouvai tachée en plusieurs endroits par ce qui m'apparut être des rangées de chiffres. La replaçant dans la poêle, je l'y laissai encore une minute, et en la retirant elle était telle que vous la voyez à présent.

Ayant réchauffé le parchemin, Legrand le soumit alors à mon inspection. Les caractères suivants s'y trouvaient grossièrement tracés en une teinte rougeâtre, dans l'espace intermédiaire entre la tête de mort et la chèvre.

53// // + 305)) 6*; 4826) 4 //.) 4 //); 806*; 48 8060)) 85; 1 // (; : // 8-83
(88) 5* + ; 46 (; 83* 96* ? ; 8) * // (; 485); 5 * + 2 : * // (; 4956*2 (5*-4)

x q 8* ; 40692851 ;) 6 + 8) 4 // // ; 1 (// 9 ; 48081 ; 8 : 8 // 1 ; 48 + 85 ; 4)
485 + 528806* 81 (// 9 ; 48 ; (88 ; 4 (// ? 34 ; 48) 4 // ; 161 ; : 188 ; //? ;

« Mais, lui dis-je en lui rendant la feuille, ceci est
tout aussi obscur qu'auparavant. Si toutes les richesses de Golconde dépendaient de la solution de cette
énigme, je suis certain que je serais incapable de les
gagner.

— Et pourtant, dit Legrand, la solution est loin
d'être aussi difficile qu'un premier et rapide examen des signes pourrait vous le faire supposer. Ces
caractères, on le devine facilement, forment un chiffre, — c'est-à-dire qu'ils ont une signification ; mais
d'après ce que l'on sait de Kidd, je ne pouvais me le
supposer capable de construire un cryptogramme très
compliqué. Je conclus donc que celui-ci devait être
d'un genre simple, — tel cependant que sans clef il
semblerait absolument insoluble à l'intelligence
fruste d'un marin.

— Et vous en avez vraiment trouvé la solution ?

— Facilement ; j'en ai résolu d'autres d'une complexité dix mille fois plus grande. Le hasard ainsi
qu'une certaine tournure d'esprit ont fait que je me
suis intéressé à de telles énigmes, et l'on peut se demander si l'ingéniosité humaine est capable de construire une énigme quelconque qu'un homme ingénieux ne puisse résoudre en s'y appliquant. Je puis
même dire qu'ayant une fois découvert des caractères
lisibles et reliés entre eux, je ne me préoccupai pas
outre mesure de la difficulté d'en déterminer la signification.

« Dans le cas actuel — et dans tous les cas d'écriture secrète — la première question à résoudre est
celle de la *langue* du chiffre, car les principes de la
solution dépendent, surtout dans les genres de chiffres les plus simples, du génie propre de la langue.
Le plus souvent il n'y a pas d'autre moyen que de
faire des expériences dans toutes les langues connues de celui qui tente la solution, jusqu'à ce qu'il
tombe sur la bonne. Mais avec le chiffre qui nous
occupe, la signature enlève toute espèce de doute. Le
jeu sur le mot « Kidd » ne peut se faire qu'en An-

glais. Autrement j'aurais tout d'abord essayé en Espagnol et en Français, comme étant les langues dont un pirate des mers espagnoles se serait le plus naturellement servi pour inscrire un secret de ce genre. Mais vu les circonstances je conclus que le cryptogramme était en anglais.

« Vous observerez qu'il n'y a pas d'espaces entre les mots. S'il y en eût eu, la tâche aurait été relativement facile. En ce cas, j'aurais commencé par la comparaison et l'analyse des mots les plus courts, et s'il y eût eu un mot d'une seule lettre (a ou I par exemple), j'aurais considéré la solution comme certaine. Mais comme il n'y a pas de division entre les mots, mon premier soin fut de découvrir les signes qui se répétaient le plus et le moins souvent. Les ayant tous comptés, je construisis la table suivante :

Le signe 8 se retrouve 33 fois.
—   :   —   26 —
—   4   —   19 —
—   ‡)   —   16 —
—   *   —   13 —
—   5   —   12 —
—   6   —   11 —
—   † 1   —   8 —
—   0   —   6 —
—   9 2   —   5 —
—   : 3   —   4 —
—   ?   —   3 —
—   ¶   —   2 —
—   . —   —   1 —

« Or en anglais la lettre qui se retrouve le plus souvent est e. Puis elles se suivent comme ceci : a o i d h n r s t u y c f g l m w b k p q x z. L'e se répète si souvent qu'il est rare de trouver une phrase de quelque longueur où il ne domine.

« Nous avons ainsi, dès le début, la base de quelque chose de plus qu'une simple conjecture. L'usage général que l'on peut faire de cette table saute aux yeux, mais dans ce cas particulier nous n'aurons pas à l'appliquer dans tous ses détails. Notre signe dominant étant 8, nous commencerons en le supposant l'e de l'alphabet naturel. Afin de vérifier notre hypo-

thèse, voyons si le 8 est plusieurs fois redoublé — car
l'e se double très souvent en anglais — dans des mots
tels que « *meet* », « *fleet* », « *speed* », « *seen* »,
« *been* », « *agree* », etc. (1). Dans le cas actuel nous le
voyons redoublé pas moins de cinq fois, quoique le
cryptogramme soit court.

« Admettons donc que 8 représente l'e. Or de tous
les *mots* de la langue « *the* » (2) est celui qui se retrouve
le plus fréquemment ; voyons donc s'il n'y a pas de
répétitions de trois signes, dans le même ordre, dont
le dernier soit 8. Si nous trouvons des répétitions
de tels signes arrangés de cette façon, elles représen-
teront le plus probablement le mot « *the* ». A l'examen nous ne trouvons pas moins de sept fois une disposition semblable, les signes étant ; 48. Nous pouvons donc admettre que ; représente t, que 4 représente h, et 8 représente e — cette dernière lettre
étant maintenant bien déterminée. Nous avons ainsi
fait un grand pas vers la solution du problème.

« Mais ayant découvert un seul mot, nous sommes
en état d'établir un point très important, c'est-à-
dire le commencement et la fin de plusieurs autres
mots. Reportons-nous par exemple à l'avant-dernière
fois où se présente la combinaison ; 48, non loin de
la fin du chiffre. Nous savons que le signe ; qui suit
immédiatement doit être le commencement d'un mot,
et des six signes qui viennent après « *the* » nous ne
connaissons pas moins de cinq. Inscrivons ces signes
en mettant à leur place les lettres qu'ils représen-
tent, en laissant en blanc la place de la lettre incon-
nue

t ee th.

« Nous pouvons tout de suite supprimer le *th* qui
ne fait pas partie du mot commençant par le premier
t, puisque, si nous essayons toutes les lettres de l'alphabet pour en trouver une qui comble le vide, nous
voyons qu'il est impossible de former un mot dont ce

1. Rencontrer, flotte, vitesse, vu, été, s'accorder.
2. L'article défini, le, la, les.

« *th* » fasse partie. Notre mot se trouve aussi rac-
courci à

t ee

Et passant en revue tout l'alphabet nous arrivons
au mot « *tree* » (1), comme seul possible. Nous obtenons ainsi une nouvelle lettre, r, représentée par c,
et les mots « *the, tree* », en juxtaposition.

« En regardant un peu plus loin nous trouvons de
nouveau la combinaison ; 48, et nous nous en servons
comme terminaison à ce qui précède immédiatement.
Nous avons alors la disposition que voici :

the tree; 4 (‖ ? 34 the

ce qui, en substituant les lettres connues, se lit
ainsi :

the tree thr ‖ ? 3 h the

« Or, si nous laissons un espace ou si nous mettons
des points à la place des lettres qui nous manquent,
nous lirons :

the tree thr... h the

et le mot « *through* » (2) s'impose aussitôt à nous.
De plus cette découverte nous donne encore trois lettres, o, u et g, représentées par ‖ ? et 3.

« Cherchant maintenant avec soin dans tout le
chiffre des combinaisons de signes connus, nous trouvons non loin du commencement cette disposition :

83 (88 ou egree,

ce qui est évidemment la conclusion du mot « *degree* » (3) et nous fournit une lettre de plus, d, re-
présenté par +.

1. Arbre.
2. A travers.
3. Degré.

Quatre lettres au delà du mot *degree* nous voyons la combinaison :

; 46 (; 88

« Traduisant les lettres connues et représentant les autres par des points, comme auparavant, nous lisons :

th   rtee

disposition suggérant tout de suite le mot « *thirteen* » (1), et nous donnant encore deux lettres i et n représentées par 6 et +.

« Nous reportant maintenant au commencement du cryptogramme nous trouvons la combinaison

53 ‖ ‖ +

« Traduisant comme avant nous obtenons

good',

ce qui prouve que la première lettre est un a et les deux premiers mots « *a good* » (2).

« Il est temps maintenant d'arranger notre clef en forme de table pour éviter toute confusion. La voici:

5 représente a
+   —   d
8   —   e
3   —   g
4   —   h
6   —   i
*   —   n
‖   —   o
(—   r
;   —   t

« Nous n'avons donc pas moins de dix des lettres les plus importantes, et il sera superflu de poursuivre la solution dans tous ses détails. J'ai assez

1, Treize.
2. Un bon.

dit pour vous convaincre que des chiffres de ce genre
se résolvent facilement et pour vous donner quelques
indications quant à la méthode de leur construction.
Mais croyez bien que le spécimen qui est devant vous
appartient à l'une des espèces de cryptographie les
plus simples. Il ne me reste qu'à vous faire une tra-
duction complète des signes qui se trouvaient sur
le parchemin. Voici ce que j'ai débrouillé :

« *'A good glass in the bishop's hostel in the
devil's seat forty-one degrees and thirteen minutes
northeast and by north main branch seventh limb
east side shoot from the left eye of the death's head
a bee line from the tree through the shot fifty
feet out (1).* »

— Mais, lui dis-je, la solution de l'énigme ne me
semble pas plus avancée. Comment tirer une signification de tout ce galimatias au sujet de « sièges
du diable », « têtes de morts », et « hôtels de
l'évêque ? »

— J'avoue, répondit Legrand, que la chose paraît
encore embrouillée si on la regarde à la légère. Mon
premier effort fut de diviser la phrase selon la division naturelle voulue par le cryptographe.

— Vous voulez dire y mettre la ponctuation ?

— C'est à peu près cela.

— Et comment avez-vous pu y arriver ?

— Je m'avisai que l'auteur avait tenu à rappro-
cher ses mots sans laisser d'intervalle pour les séparer, afin d'augmenter la difficulté de la lecture. Or
un homme peu habile exagérerait certainement dans
la poursuite de ce but. Dans le cours de sa compo-
sition, en arrivant à une interruption de son sujet
qui exigerait naturellement un intervalle ou un signe de ponctuation, à ce point-là précisément il rap-
procherait probablement encore davantage ses lettres. Si vous regardez le manuscrit à ce point de vue

---

1. Une borne lunette à l'hôtel de l'évêque dans le siège du
diable quarante et un degrés et treize minutes nord-est quart nord
tronc principal septième branche à l'est tirer par l'œil gauche de
la tête de mort en ligne droite depuis l'arbre à travers le plomb
à quinze mètres de distance.

vous constaterez cinq cas de ces rapprochements exagérés. Sous l'influence de cette idée je divisai ainsi :

« 'A good glass in the bishop's hostel in the devil's seat — forty-one degrees and thirteen minutes — northeast and by north — main branch seventh limb east side shoot from the left eye of the death's-head — a bee line from the tree through the shot fifty feet out'. »

— Même cette division me laisse encore dans l'ignorance.

— Elle m'y a laissé de même, répondit Legrand, pendant quelques jours au cours desquels je m'enquis avec assiduité dans le voisinage d'un bâtiment nommé « *Bishop's hotel* » (hôtel de l'évêque), car je substituai naturellement le mot hôtel à la forme archaïque hostel. N'obtenant aucun résultat, j'étais sur le point d'élargir le cercle de mes recherches et de les poursuivre d'une façon plus systématique, lorsqu'un matin il me vint à l'esprit que ce « *Bishop's hostel* » pouvait avoir quelque chose à faire avec une ancienne famille du nom de Bessop qui possédait de temps immémorial un vieux manoir à quelques six kilomètres au nord de l'Ile. Je visitai donc la propriété et recommençai mon enquête parmi les plus âgés des nègres qui s'y trouvaient. A la fin une des plus vieilles femmes me dit qu'elle avait entendu parler d'un *Bessop's Castle* et croyait pouvoir m'y guider, mais que ce n'était ni un château ni une hôtellerie, mais bien un grand rocher.

« A la promesse d'une bonne rémunération, elle consentit après quelque hésitation à m'y accompagner. Nous trouvâmes l'endroit sans trop de peine, et ayant congédié mon guide, je me mis à examiner les lieux. Le « Château » se composait d'une masse irrégulière de rochers et de blocs de pierre, — l'un d'entre eux étant remarquable par sa hauteur aussi bien que par sa position isolée et son air artificiel. Ayant grimpé sur son sommet, je me demandai ce qu'il y avait à faire ensuite.

« Tout en réfléchissant je laissai tomber mes regards sur un étroit rebord sur la façade orientale du rocher, à environ un mètre au-dessous du sommet où je me tenais. Ce rebord faisait une saillie d'environ quarante-cinq centimètres, et n'avait pas plus de trente centimètres de dimension dans l'autre sens. Une niche dans le roc juste au-dessus de lui donnait une lointaine ressemblance avec une de ces chaises à dossier creux dont se servaient nos aïeux. Je ne doutai pas que ce ne fût là le « siège du diable » auquel le manuscrit faisait allusion, et il me sembla dès lors avoir saisi dans son essence le secret de l'énigme.

« Je savais que « la bonne lunette » ne pouvait signifier qu'un télescope, les matelots se servant rarement de ce mot dans un autre sens. Je compris aussitôt que c'était ici qu'il s'agissait de se servir d'un télescope, et d'un point de vue bien défini, n'admettant aucune variation. Je n'hésitai pas à croire que les phrases « quarante et un degrés » et « nord est quart nord » ne fussent des indications pour le pointage de la lunette. Fort agité par ces découvertes, je rentrai en toute hâte, et m'étant muni d'un télescope, je revins au rocher.

« Je descendis sur le rebord et découvris qu'on ne pouvait s'y maintenir que dans une seule position. Ce fait confirma mon idée préconçue. Puis je cherchai à me servir de la lunette d'approche. Les quarante et un degrés treize minutes ne pouvaient naturellement se rapporter qu'à l'élévation au-dessus de l'horizon visible, puisque la direction horizontale se trouvait nettement indiquée par les mots « nord est quart nord. » Ayant tout de suite établi cette direction au moyen d'une boussole de poche, pointant la lunette aussi bien que je le pouvais à un angle d'environ quarante et un degrés, j'élevai et j'abaissai soigneusement mon télescope, jusqu'à ce que mon attention fût arrêtée par une trouée circulaire dans le feuillage d'un grand arbre qui au loin s'élevait au-dessus de ceux qui l'entouraient. Au milieu je distinguai un point blanc, mais ne pus tout d'abord voir ce que c'était. Ayant mis le télescope au point, je regardai de nouveau, et vis que l'objet était un crâne humain.

« Cette découverte m'encouragea tellement que je

considérai l'énigme comme résolue; car la phrase « tronc principal, septième branche à l'est », ne pouvait se rapporter qu'à la position du crâne sur l'arbre, tandis que « tirer par l'œil gauche de la tête de mort » ne pouvait s'interpréter que d'une façon dans le cas de la recherche d'un trésor caché. Je m'aperçus que le but était de laisser tomber un plomb par l'œil gauche du crâne, et qu'une ligne droite tirée du point du tronc le plus proche à travers « le plomb » ou plutôt l'endroit où celui-ci était tombé, et prolongée à une distance de quinze mètres, indiquerait un point précis — sous lequel il me sembla au moins possible qu'un dépôt de valeur se trouvât caché.

— Tout ceci, dis-je, est extrêmement clair, et bien qu'ingénieux, relativement simple et explicite. En quittant l'hôtel de l'évêque qu'avez-vous fait?

— Ayant soigneusement relevé la position de l'arbre, je me disposai à rentrer chez moi. Dès que je quittai « le siège du diable » la trouée circulaire disparut à mes yeux, et de quelque côté que je me retournai, je ne pus plus la retrouver. Ce qui me semble le point le plus ingénieux de toute cette affaire, c'est le fait (car des expériences répétées m'ont convaincu que c'est vraiment un fait) que la trouée circulaire en question n'est visible d'aucun autre point accessible que de l'étroit rebord sur la face du rocher.

« Dans cette expédition à l'hôtel de l'évêque j'avais été accompagné par Jupiter, qui depuis quelques semaines avait sans doute remarqué mon air d'abstraction, et tenait tout particulièrement à ne pas me laisser seul. Mais le lendemain, me levant de grand matin, je réussis à lui donner le change, et m'en allai à la montagne à la recherche de l'arbre, que je trouvai enfin avec beaucoup de peine. En rentrant le soir, mon bon Jupiter avait grande envie de me donner une correction! Vous connaissez aussi bien que moi le reste de l'aventure.

— Je suppose que dans nos premières fouilles vous vous êtes trompé de place par suite de la méprise de Jupiter, qui laissa tomber le scarabée par l'œil droit au lieu de l'œil gauche du crâne?

— Précisément. Cette erreur a fait la différence de six centimètres environ dans la chute du plomb, — c'est-à-dire dans la position de la cheville la plus rapprochée de l'arbre, et si le trésor se fût trouvé sous le plomb, l'erreur n'aurait eu que peu d'importance; seulement, le plomb et le point de l'arbre le plus proche ne servent qu'à établir une ligne de direction, l'erreur, négligeable au début, augmentait naturellement à mesure que nous prolongions la ligne, et au bout de quinze mètres, nous dépista entièrement. N'eût été ma profonde conviction qu'un trésor se trouvait réellement caché en ce lieu, tout notre travail eût pu se faire en vain.

— Mais vos paroles pompeuses et votre allure en balançant le scarabée — tout cela est bien étrange! J'étais convaincu que vous aviez perdu l'esprit. Et pourquoi votre insistance à laisser tomber le scarabée au lieu d'un plomb, du haut de l'arbre?

— Franchement vos soupçons évidents au sujet de ma raison m'ennuyaient un peu, et je résolus de vous punir tranquillement, à ma façon, par une simple petite mystification. C'est pour cette raison que j'ai balancé le scarabée, et que je l'ai laissé tomber de l'arbre. L'observation que vous aviez faite au sujet de son grand poids me suggéra cette dernière idée.

— Je comprends; il n'y a plus maintenant qu'un seul point qui m'intrigue. Que faut-il penser des ossements que nous avons trouvés dans la fosse?

— C'est là une question à laquelle pas plus que vous je ne suis moi-même en état de répondre. Il semble pourtant qu'il n'y ait qu'une façon possible d'expliquer leur présence, quoiqu'il soit terrible de devoir croire à une telle atrocité. Il est évident que Kidd, — si c'est bien Kidd qui a caché ce trésor, ce dont je ne doute pas... il est évident qu'il a dû être aidé dans ce travail. Mais le travail une fois terminé, il peut avoir cru utile de supprimer tous ceux qui partageaient son secret. Peut-être deux coups de pioche ont-ils suffi pendant

que ses auxiliaires étaient à l'œuvre dans la fosse;
peut-être en a-t-il fallu une douzaine — nul ne le
saura jamais.

LE DOUBLE ASSASSINAT
DE LA RUE MORGUE

> Savoir quel fut le chant chanté par les Sirènes et trouver
> le nom que prit Achille déguisé en femme, — ce sont
> là des problèmes qui paraissent assez obscurs, mais
> sur lesquels il est permis de hasarder quelques
> conjectures.
>
> *(Sir Thomas Browne).*

Les facultés intellectuelles dites analytiques sont
en elles-mêmes peu susceptibles d'analyse; on ne les
apprécie guère que dans leurs effets. Portées à un
degré éminent, elles sont toujours, pour celui qui
les possède, une source de vive satisfaction, et, de
même que l'atlhète jouit de sa force physique, prenant plaisir à tout ce qui exerce ses muscles, de
même l'homme doué du pouvoir d'analyser se fait
une gloire de l'activité mentale qui consiste à débrouiller. Il prend plaisir aux occupations, même
les plus banales, qui font appel à son talent, se plai-
sant aux rébus, énigmes, logogriphes et jeux de
mots, faisant preuve dans leur solution d'un degré
de pénétration si élevé que le vulgaire le qualifierait
volontiers de surnaturel. Les résultats qu'il a obtenus par sa méthode exacte et rigoureuse ont, en
effet, souvent tout l'air d'être dus à l'intuition.

Il se peut que l'étude des mathématiques, et surtout de cette partie à laquelle, par suite de sa marche rétrograde, on réserve à tort le nom d'analyse,
fortifie la faculté de résoudre les problèmes. Le calcul et l'analyse ne sont pourtant pas synonymes. En
jouant aux échecs, par exemple, on calcule sans
analyser, et voilà pourquoi l'on se trompe souvent
quant aux effets du jeu d'échecs sur l'intelligence.
Mais je n'ai pas l'intention d'écrire un traité de
philosophie. Je fais seulement précéder une histoire
assez curieuse de quelques observations prises au
hasard, saisissant cette occasion d'affirmer que les
plus hauts pouvoirs de la réflexion s'exercent davantage et plus utilement dans le modeste jeu de
dames que dans le jeu plus recherché mais plus fri-
vole des échecs. La complexité de celui-ci, où les
pièces ont des valeurs différentes et variables et des
mouvements d'une diversité bizarre, semble exiger
une véritable profondeur d'esprit. L'attention y joue
un rôle important; qu'elle défaille un instant, il en
résulte un dommage sinon la défaite pour la victime
de cette distraction. De plus la multiplicité de ces
coups compliqués qui réagissent les uns sur les autres donne prise à l'étourderie. Aussi neuf fois sur
dix la victoire n'est-elle pas au plus fin, mais au plus
attentif des joueurs. Dans le jeu de dames au contraire, le peu de variété dans les coups très simples
diminuant les chances d'oubli et laissant l'attention
assez libre, tout avantage sera acquis par la pénétration supérieure du joueur qui l'emporte. Mais
quittons les abstractions pour prendre un exemple
concret : qu'on se figure une partie de dames où les
pièces sont réduites à quatre rois. Il n'y a pas là
d'étourderie à craindre, et en pareil cas la partie ne
pourra se décider, chez des adversaires de force à
peu près égale, que par un coup d'une recherche
exigeant un véritable effort de l'intelligence. Privé
des ressources ordinaires, un joueur à l'esprit analytique saura se mettre à la place de son adversaire, s'identifier en quelque sorte avec lui; et pourra
souvent se rendre aussitôt compte des seuls moyens,
parfois à la vérité assez puérils, par lesquels il

induira son adversaire en erreur, ou le poussera à faire un faux calcul.

On connaît depuis longtemps l'effet du whist sur le pouvoir de calculer; l'on sait que des hommes d'une intelligence remarquable ont pris un plaisir incroyable à ce jeu, tout en méprisant la futilité des échecs. Rien de ce genre en effet n'exerce autant les facultés analytiques. Le meilleur joueur d'échecs qui soit au monde, peut n'avoir d'autres qualités que celles qui font de lui le meilleur joueur d'échecs, tandis que l'habileté au whist suppose des facultés qui assureront le succès dans les voies autrement importantes où la lutte s'engage entre les intelligences. Par habileté j'entends ici cette perfection au jeu qui embrasse la connaissance de tous les moyens de prendre un avantage légitime. Ces moyens, non seulement nombreux, mais aussi très divers, se cachent souvent dans des recoins de la pensée inaccessibles à une intelligence ordinaire. L'observation attentive ne va pas sans une bonne mémoire, et, jusque-là la contention d'esprit du joueur d'échecs pourra lui servir pour le whist; d'autre part les règles de Hoyle, basées sur le simple mécanisme du jeu, sont suffisamment intelligibles pour être comprises de la majorité des hommes. Aussi, celui qui, doué d'une bonne mémoire, ne s'écarte jamais des règles, possède-t-il, de l'avis général, tout l'art de bien jouer. Mais c'est dans les problèmes dépassant la compétence des règles, que se montre la puissance de l'esprit analytique, qui fait en silence nombre d'observations et de déductions. Les adversaires en font peut-être autant, mais la différence des renseignements obtenus tient moins à la validité de l'induction qu'à la qualité de l'observation. Il faut avant tout savoir ce qu'il convient d'observer. Notre joueur ne met pas de bornes à l'activité de son esprit, et ne rejette pas, sous prétexte que la partie seule est en question, des indications fournies par des choses extérieures au jeu. Il examine le visage de son partenaire, le comparant soigneusement à celui de ses adversaires, observe la manière de chacun d'assortir ses cartes, et arrive souvent à compter les atouts et les honneurs dans les regards qui s'attachent sur eux. Ensuite, à mesure que la partie s'avance, il remarque chaque changement de physionomie, trouvant dans les différentes expressions de certitude, d'étonnement, de triomphe, ou de chagrin, ample matière à réflexions. D'après la manière dont une personne ramasse une levée, il sait juger si elle en fera une autre de la même couleur. Il devine un piège à la façon de jeter une carte sur la table. Un mot fortuit ou irréfléchi, le fait de laisser tomber ou de retourner une carte, et de la ramasser avec inquiétude ou négligence, la manière dont on compte les levées et l'ordre dans lequel on les dispose, l'embarras, l'hésitation, l'empressement ou l'inquiétude, tout fournit à sa perception pour ainsi dire intuitive, des indications précieuses quant au véritable état des choses. Après les deux ou trois premiers tours, il a fortuitement deviné quelles cartes tient chaque joueur, et dès lors il jette les siennes dans le même but précis et avec la même confiance que si l'on jouait cartes sur table.

Il ne faut pas confondre la puissance d'analyse avec la simple ingéniosité; on ne saurait avoir l'esprit analytique sans être ingénieux, mais on peut être ingénieux et en même temps tout à fait incapable d'analyse. L'ingéniosité se manifeste le plus souvent dans l'art de construire et de combiner. Les phrénologues, voyant dans cet art une faculté primitive, lui ont, à tort je crois, assigné un organe particulier, et le fait que cette qualité se rencontre fort souvent chez des individus dont l'état mental touche par ailleurs à l'idiotie, a très généralement attiré l'attention des moralistes. De plus la différence entre l'ingéniosité et la faculté analytique est bien plus grande que celle qui sépare la fantaisie de l'imagination créatrice, tout en lui étant absolument analogue. L'ingéniosité se rencontre en effet chez la plupart des esprits fantaisistes, tandis que la véritable imagination s'accompagne toujours de la disposition à l'analyse.

Le récit suivant servira de commentaire à la thèse que je soutiens.

Passant à Paris le printemps et une partie de l'été 18..., j'y fis la connaissance d'un jeune homme qui se faisait appeler M. Auguste Dupin, mais qui appartenait en réalité à une famille distinguée et même illustre. Accablé par des malheurs, des revers de fortune, il avait renoncé à tout effort, ne se sentant plus le courage de chercher à sortir de sa triste situation. Seule la bienveillance de ses créanciers lui laissait une infime partie de son patrimoine. Grâce à la plus stricte économie il arrivait tout juste à vivre de la petite rente qu'il tirait de cette source, s'interdisant bien entendu tout superflu. Les livres, son seul luxe, on se les procure facilement à Paris.

Notre première rencontre se fit dans une petite librairie de la rue Montmartre. Le fait d'être tous les deux à la recherche du même, rare et très remarquable ouvrage nous rapprocha. Nous nous revîmes plusieurs fois. Je m'intéressai vivement à son histoire qu'il me détailla avec toute la franchise que se permet le Français, lorsque sa personne seule est en jeu. La variété de ses lectures me frappa; l'étrange ferveur la vive fraîcheur de son imagination me captivèrent. Je lui avouai franchement que sa société me serait d'une valeur incalculable dans mes recherches, et nous prîmes enfin le parti de vivre ensemble tant que durerait mon séjour dans la capitale. Comme mes affaires étaient en meilleur état que les siennes, il me fut permis de louer à mes frais un vieil hôtel dans un quartier retiré et désert du faubourg Saint-Germain, et de le meubler dans un style qui convenait à notre humeur sombre et fantasque. C'était un bâtiment d'extérieur baroque, aux murs lézardés menaçant ruine. Son abandon qui durait depuis longtemps déjà était dû à des superstitions sur lesquelles nous ne demandâmes pas de renseignements.

Notre manière de vivre, si on l'eût connue, nous eût assurément fait prendre pour des fous, quoique peut-être pour des fous inoffensifs. Mais notre isolement était absolu. Nous ne recevions pas de visite. J'avais caché, même à mes anciennes connaissances, le lieu de notre retraite, et depuis bien des années

Dupin n'avait plus de relations à Paris. Nous vivions renfermés en nous.

C'était un caprice de mon ami, — car je ne peux donner d'autre nom à cette fantaisie, — d'être véritablement épris de la nuit. Je lui cédai sur ce point comme je le faisais du reste pour toutes ses autres folles lubies, et comme la déesse des ténèbres ne voulait pas demeurer toujours auprès de nous, nous dûmes nous habituer à contrefaire sa présence. Fermant dès l'aurore les lourds contrevents du vieux bâtiment, nous nous contentions de la lueur sépulcrale de deux cierges fortement parfumés pour rêver, lire, écrire et causer, jusqu'à ce que la pendule marquât l'heure du retour de l'obscurité réelle. Alors seulement nous sortions, parcourant les rues bras dessus bras dessous, continuant à nous entretenir des sujets qui nous avaient occupés pendant la journée, ou bien, errant au loin jusque fort avant dans la nuit, nous cherchions dans la contemplation des côtés sombres ou brillants de la vie de la grande ville cette vive émotion qu'éprouve l'esprit dans la plus calme des observations.

C'est à ces moments que je fus frappé de la remarquable puissance d'analyse que je trouvais chez Dupin, bien que, connaissant sa belle intelligence, j'aurais dû m'y attendre. Il semblait se plaire beaucoup à exercer cette faculté, sinon à en faire parade, n'hésitant pas à avouer le plaisir qu'il y trouvait. Il se vantait avec un rire malicieux de son pouvoir de lire dans les cœurs, disant que devant son regard perçant les gens ouvraient une fenêtre sur leur âme. Une preuve éclatante de l'intime connaissance qu'il avait de la mienne faisait suite à une telle boutade. A ces moments il avait l'air froid et distrait, le regard vague; le diapason élevé de sa voix chaude se haussait jusqu'à prendre des inflexions de fausset, que son énonciation nette et pondérée empêchait seule d'avoir une acuité désagréable. En le voyant dans un tel état d'esprit, je me prenais à méditer sur la vieille théorie philosophique de la dualité de l'âme, et m'amusais à me figurer un Dupin dédoublé, — l'esprit créateur, et l'esprit analytique.

Qu'on ne s'imagine pourtant pas que je raconte

un mystère, ou que je compose un roman. Ce que je décris chez cet homme venait seulement de la surexcitation de son esprit peut-être morbide. Un exemple donnera mieux que tout ce que je pourrais dire, l'idée des observations qu'il faisait à de tels moments.

Nous parcourions un soir une rue longue et sale dans le quartier du Palais-Royal. Absorbés dans nos pensées, nous n'avions pas dit un mot depuis au moins un quart d'heure, lorsque Dupin s'écria tout à coup :

— Il est très petit, c'est vrai, et conviendrait mieux au Théâtre des Variétés.

— Il n'y a pas à en douter, répliquai-je, à mon insu, sans remarquer tout d'abord, tant j'étais absorbé par mes pensées, la manière extraordinaire dont mon interlocuteur avait répondu à l'objet de ma méditation. Mais je m'en rendis aussitôt compte, et profondément étonné :

— Dupin, dis-je avec sérieux, — ceci me dépasse. Je n'hésite pas à dire que je me suis confondu, que je puis à peine en croire mes oreilles! Comment pouviez-vous savoir que je pensais à...

Je m'arrêtai pour m'assurer qu'il savait vraiment à qui je pensais.

— A Chantilly, reprit-il, pourquoi vous arrêter ? Vous vous disiez que sa petite taille le rendait peu propre à la tragédie.

C'était là précisément le sujet de mes réflexions. Chantilly était un ancien cordonnier de la rue Saint-Denis qui, pris de la folie de la scène, avait paru dans le rôle de Xerxès dans la tragédie de ce nom de Crébillon, et avait été cruellement sifflé pour prix de ses peines.

— Dites-moi, pour l'amour du ciel, m'écriai-je, la méthode, — si méthode il y a, — par laquelle vous avez pu sonder mon âme en cette affaire.

J'étais même plus ému que je n'aurais voulu en convenir.

— C'est le fruitier, répondit mon ami, qui vous a fait conclure que le raccommodeur de semelles n'était pas assez grand pour représenter Xerxès et *id genus omne.*

— Le fruitier ! vous m'étonnez, — je ne connais pas de fruitier.

— L'homme qui vous a heurté comme nous enfilions cette rue, il y a peut-être un quart d'heure de cela.

Je me rappelai alors qu'un fruitier portant sur la tête un grand panier de pommes avait en effet manqué me renverser comme nous débordions de la rue C. dans celle où nous nous trouvions actuellement; mais je ne pouvais en aucune façon trouver de rapport qui reliât ce fait à la personnalité de Chantilly.

Il n'y avait pas l'ombre de charlatanisme chez Dupin.

— Je m'expliquerai, dit-il, et pour que vous me compreniez mieux, nous retracerons en sens inverse le cours de vos méditations depuis le moment où je vous ai parlé jusqu'à la rencontre du fruitier dont il est question. Les principaux anneaux de la chaîne sont les suivants : Chantilly, Orion, le Dr Nichols, Épicure, la stéréotomie, le pavé, le fruitier.

Il y a peu de personnes qui ne se soient, à quelque époque de leur vie, amusées à revenir sur les idées qui leur ont servi d'intermédiaire pour arriver à une conclusion particulière. Cette occupation est souvent intéressante, et celui qui s'y essaye pour la première fois s'émerveille de l'incohérence entre le point de départ et le point d'arrivée, et de la distance pour ainsi dire qui les sépare. Jugez donc de mon ébahissement lorsque j'entendis mon ami prononcer les paroles que je viens de citer, et dont je dus reconnaître l'exactitude. Il reprit :

— Nous avions parlé en dernier lieu de chevaux, si je me rappelle bien, en quittant la rue C. Comme nous enfilions celle-ci, un fruitier, portant un grand panier sur la tête, nous bouscula au passage, et vous poussa sur un tas de pavés rassemblés à un endroit où l'on répare la chaussée. Le pied vous a glissé sur une pierre détachée, et vous vous êtes légèrement foulé la cheville. L'air contrarié, vous avez mur-

muré quelques mots en vous retournant pour regarder le tas de pierres. Puis vous vous êtes remis en marche sans proférer une parole. Je n'accordai pas grande attention à vos actions, mais depuis quelque temps l'observation est devenue pour moi une seconde nature.

« J'ai pu voir que vous pensiez toujours aux pierres, car, les yeux fixés à terre, vous avez considéré d'un air maussade les trous et inégalités du pavé jusqu'à ce que nous fussions entrés dans la ruelle qui porte le nom de Lamartine. Là votre figure s'est éclaircie à la vue des blocs rivés dont on a pavé cette rue à titre d'essai; au mouvement de vos lèvres je devinai que vous murmuriez le mot « stéréotomie » terme qu'on a l'affectation d'appliquer à ce nouveau genre de pavage.

Je savais que vous ne pouviez prononcer le mot « stéréotomie » sans en venir à penser à l'*atomie* d'Epicure, et vous ayant fait remarquer, en discutant ce sujet il y a quelque temps, de quelle singulière façon les vagues conjectures de ce noble Grec se trouvaient confirmées par la récente théorie nébulaire, je pressentis que vous ne pourriez vous empêcher de lever les yeux vers la grande nébuleuse d'Orion. J'attendis ce mouvement : vous levâtes en effet les yeux, et je fus assuré d'avoir correctement suivi votre association d'idées. D'autre part dans cette amère tirade contre Chantilly parue dans le « Musée » d'hier, le satirique, faisant quelques cruelles allusions au changement de nom du cordonnier lorsqu'il chaussa le cothurne, cita un vers latin qui a souvent fait l'objet de nos entretiens. Je veux dire le vers :

« *Perdidit antiquum littera prima sonum.* »

Je vous avais dit que c'était une allusion à Orion dont le nom s'écrivait autrefois Urion, et certains détails piquants de cette explication me faisaient croire que vous ne l'auriez pas oubliée. Vous ne deviez donc pas manquer d'associer les deux idées d'Orion et de Chantilly. Et en effet, au sourire qui glissa sur vos lèvres, je constatai que vous l'aviez fait. La cruelle façon dont le rédacteur de l'article avait immolé le pauvre savetier vous était venue à l'esprit. Jusque-là vous aviez marché le dos courbé; à ce moment je vous vis vous redresser de toute votre hauteur. J'acquis ainsi la certitude que vous réfléchissiez bien à la petite taille de Chantilly. Sur ce, j'interrompis le cours de vos méditations en vous faisant remarquer que Chantilly était en effet très petit, et qu'il ferait mieux sur le théâtre des Variétés.

Peu de temps après comme nous parcourions l'édition du soir de la « Gazette des Tribunaux », le paragraphe suivant attira notre attention.

DOUBLE ASSASSINAT EXTRAORDINAIRE. — Vers trois heures du matin les habitants du quartier Saint-Roch furent réveillés par des cris épouvantables, provenant, paraissait-il, du quatrième étage d'une maison de la rue Morgue, habitée seulement par une dame L'Espanaye et sa fille Mlle Camille L'Espanaye. Après de vains efforts pour se faire ouvrir on força la porte cochère d'un coup de levier, et huit ou dix personnes accompagnées de deux gendarmes pénétrèrent dans la maison. Les cris avaient cessé, mais en montant le premier escalier, on distingua au moins deux voix en dispute, dont les éclats paraissaient venir d'un des étages supérieurs. En atteignant le second palier on n'entendit plus rien; tout était rentré dans le calme. Le groupe se divisa et courut de pièce en pièce sans rien trouver, lorsqu'en arrivant au fond du quatrième étage à une grande chambre dont on força la porte fermée au dedans, on se trouva en présence d'un spectacle qui stupéfia les assistants et les remplit d'horreur.

Le désordre le plus complet régnait dans la pièce; les meubles brisés gisaient de tous côtés. Le matelas et les couvertures avaient été enlevés du lit unique et jetés par terre au milieu de la chambre. Sur une chaise se trouvait un rasoir maculé de sang. Deux ou trois grandes poignées de longs cheveux gris également tachés de sang, qui semblaient avoir été arrachées d'une tête humaine, traînaient dans la cheminée. On trouva par terre quatre napoléons, une boucle d'oreille de topaze, trois grandes cuillers en argent, trois autres plus petites en métal d'Alger, et deux sacs contenant près de quatre mille francs en or. Les tiroirs ouverts d'une commode placée dans l'angle de la pièce semblaient avoir été pillés, quoiqu'il s'y trouvât encore quantité d'objets. On découvrit ouvert, sous le tas de literie, un petit coffre-fort en fer dont la clef était encore dans la serrure. Il ne contenait que quelques vieilles lettres, et d'autres papiers de peu de valeur.

On ne voyait aucune trace de Mme L'Espanaye, mais remarquant une quantité anormale de suie dans l'âtre, on chercha dans la cheminée, d'où l'on retira le cadavre de sa fille, lequel, détail horrible, avait été poussé la tête en bas, à une distance considérable dans l'étroit passage. Le corps était encore chaud. À l'examen on y trouva de nombreuses excoriations, dues sans doute à la violence avec laquelle on l'avait d'abord refoulé, puis dégagé de la cheminée. Le visage était couvert de cruelles égratignures, et sur le cou des ecchymoses et de profondes marques d'ongles semblaient indiquer que la morte avait été étranglée.

Après avoir visité soigneusement toutes les parties de la maison sans faire d'autre découverte, le groupe s'étant dirigé vers une petite cour pavée derrière le bâtiment, y trouva le cadavre de la vieille dame. Le cou avait été si bien tranché que la tête tomba lorsqu'on essaya de la relever. Le corps aussi bien que la tête était horriblement mutilé, au point qu'il n'avait plus rien d'humain.

On n'a pas encore la moindre indication qui puisse mettre la police sur la voie qui expliquera ce mystère.

Le journal du lendemain contenait ces détails complémentaires :

LA TRAGÉDIE DE LA RUE MORGUE. — On a interrogé plusieurs personnes au sujet de cette extraordinaire et affreuse affaire, mais sans obtenir aucun renseignement utile. Voici la matière des témoignages recueillis :

Pauline Dubourg, blanchisseuse, affirme qu'elle connaît les deux victimes depuis trois ans, ayant blanchi leur linge pendant ce temps. La vieille dame et sa fille semblaient vivre en très bonne intelligence; leurs rapports étaient très affectueux. C'étaient de bonnes clientes qui payaient régulièrement. Quant à leur état de fortune et leur manière de vivre, elle n'en savait rien; elle avait entendu dire que Mme L'Espanaye disait la bonne aventure; on croyait qu'elle avait fait des économies. Elle n'avait jamais remarqué personne dans la maison lorsqu'elle cherchait ou rapportait le linge. Ces dames n'avaient pas de bonne. Il ne semblait y avoir de meubles qu'au quatrième étage de la maison.

— Pierre Moreau, marchand de tabac, dit que depuis près de quatre ans il vendait de petites quantités de tabac à Mme L'Espanaye. Il est né dans le voisinage, et y a toujours demeuré. La défunte et sa fille occupaient depuis plus de six ans la maison dans laquelle on a trouvé leurs corps. Un bijoutier l'habitait auparavant et sous-louait séparément les chambres des étages supérieurs. La maison appartenait à Mme L'Espanaye. Mécontente de l'emploi qu'en faisait son locataire, elle vint elle-même l'habiter, refusant d'en louer une partie. La vieille dame tombait en enfance. Ce témoin avait vu la fille cinq ou six fois dans le cours des six années. Elles menaient une vie des plus retirées; on leur supposait de la fortune. Quelques voisins prétendaient que Mme L'Espanaye était cartomancienne, mais lui, n'en croyait rien. Il n'avait vu personne pénétrer dans la maison à l'exception de la vieille dame et de sa fille, si ce n'est une ou deux fois un commissionnaire, et un médecin peut-être une dizaine de fois.

Plusieurs autres voisins témoignèrent dans le même sens. On ne connaissait personne qui fréquentât la maison. Existait-il des parents de Mme L'Espanaye et de sa fille? on n'en savait rien. Les volets des fenêtres donnant sur la rue s'ouvraient rarement; sur la cour ils étaient toujours fermés, à l'exception de ceux de la grande pièce du quatrième étage. La maison, de bonne apparence, était de construction assez récente.

— Isidore Muset, gendarme, déclare qu'on le fit chercher vers trois heures du matin, et qu'il trouva vingt à trente personnes à la porte de la maison, cherchant à y entrer. Il l'ouvrit enfin d'un coup de baïonnette, non de levier. Il n'eut que peu de difficulté à la forcer, car c'était une porte à deux battants, et le verrou n'était poussé ni en haut ni en bas. Les cris continuèrent jusqu'à ce qu'on eût forcé la porte, puis se turent subitement. On eût dit les gémissements d'une ou de plusieurs personnes à la torture: ce n'était pas une succession de petits cris rapides; les sons étaient au contraire forts et soutenus. Ce témoin fut le premier à monter l'escalier. Arrivé au premier palier, il entendit deux voix en discussion violente, — l'une rude, l'autre beaucoup plus perçante, — une voix singulière. Il a pu distinguer quelques mots que prononçait la première, qui était celle d'un Français. Ce ne pouvait être une voix de femme. Il a compris les mots « sacré » et « diable ». La voix perçante était celle d'un étranger. Il ne sait pas au juste si c'était une voix d'homme ou de femme. Il ne put saisir les mots prononcés, mais croit que c'était de l'espagnol. Ce témoin décrit l'état de la chambre et des cadavres comme nous l'avons fait hier.

— Henri Duval, un des voisins, orfèvre de son état, déclare avoir été une des premières personnes qui ont pénétré dans la maison. Il confirme en général le témoignage de Muset. Dès qu'on fut entré, on referma la porte afin d'exclure la foule qui se rassemblait malgré l'heure tardive. La voix aigre selon ce témoin, serait celle d'un Italien. Ce n'était à coup sûr pas celle d'un Français. Il n'était pas absolument certain que ce fût une voix d'homme, elle pouvait aussi bien être celle d'une femme. Duval ne sait pas l'italien; il n'a pu distinguer les mots, mais fut convaincu par l'accent que celui qui parlait était italien. Il connaissait Mme L'Espanaye et sa fille et avait souvent causé avec elles. La voix aigre n'était certainement ni celle de la mère, ni celle de la fille.

— Odenheimer, restaurateur. Ce témoin offrit spontanément sa dépositoin. Né à Amsterdam, ne sachant pas le français, il fut interrogé par un interprète. Il passait devant la maison au moment où se firent entendre les cris qui durèrent, selon lui, plusieurs minutes — peut-être dix. C'étaient des cris forts et soutenus, très pénibles à entendre. Il fut parmi ceux qui entrèrent dans le bâtiment. Odenheimer confirma les témoignages précédents sous tous les rapports, — à une exception près. Il était convaincu que la voix aigre était celle d'un homme et d'un Français, mais ne put saisir les mots qui furent prononcés rapidement d'une voix forte mais inégale, et semblaient exprimer la crainte autant que la colère. La voix était rauque, plutôt âpre que perçante, — non, décidément, elle n'était pas perçante. La grosse voix répéta plusieurs fois « sacré », « diable » et dit une fois « mon Dieu ».

— Jules Mignaud, banquier, Mignaud père (de la maison Mignaud et Fils, rue Deloraine). — Mme l'Espanaye avait de la fortune. Elle avait ouvert un compte à la banque du témoin dans le printemps de l'année..., c'est-à-dire huit ans plus tôt. Elle avait souvent fait des versements de peu d'importance et n'avait rien touché jusqu'à trois jours avant sa mort, lorsqu'elle retira en propre personne la somme de quatre mille francs. On lui paya cette somme en or, la lui faisant porter par un commis.

— Adolphe Lebon, commis chez Mignaud et Fils, déclare que, au jour dit, vers midi, il accompagna Mme L'Espanaye à son domicile portant les quatre mille francs contenus en deux sacs. Lorsque la porte s'ouvrit, Mlle L'Espanaye parut sur le seuil, lui prit un des sacs, tandis que la vieille dame le déchargeait de l'autre. Il salua et se retira. Il n'y avait personne dans la rue à ce moment; c'était une petite rue très tranquille.

— William Bird, tailleur, déclare avoir fait partie du groupe qui entra dans la maison. Il est Anglais et n'habite Paris que depuis deux ans. Il fut un des premiers à monter l'escalier, et entendit le bruit des voix élevées en discussion. La grosse voix était celle d'un Français. Bird a pu saisir plusieurs mots, mais ne se les rappelle plus tous; il a distinctement entendu « sacré » et « mon Dieu ». En ce moment le bruit d'une lutte se fit entendre; on aurait cru que plusieurs personnes se disputaient en se bousculant. La voix aiguë criait très fort, beaucoup plus fort que la grosse voix. Ce n'était certainement pas la voix d'un Anglais; plutôt d'un Allemand. Ce pouvait être une voix de femme. Le témoin ne comprend pas l'allemand.

Quatre des témoins susnommés, ayant été rappelés, déclarèrent que la porte de la chambre où l'on trouva le corps de Mlle L'Espanaye était fermée à l'intérieur lorsqu'on y arriva. Un silence absolu avait succédé au bruit et aux gémissements. On força la porte, la chambre était vide. Les fenêtres des deux pièces, sur la rue et sur la cour, étaient fermées. La porte entre les deux chambres n'était pas fermée à clef. Celle qui faisait communiquer la première pièce avec le corridor était fermée à clef au dedans. La porte d'un petit cabinet au bout du corridor, donnant sur la rue, était entr'ouverte. Ce réduit était encombré de vieux lits, de malles, et d'autres objets. Tout ce qui s'y trouvait fut enlevé et soigneusement visité. On explora avec soin tout le bâtiment, dont on fit aussi ramoner les cheminées. La maison a quatre étages et des mansardes. Une trappe, donnant sur le toit, était fermée avec des clous; on ne doit pas l'avoir ouverte depuis des années. Les témoins ne sont pas d'accord sur le temps qui s'est écoulé entre le moment où les éclats de voix se turent et celui où l'on défonça la porte, les uns l'estimant à trois, d'autres à cinq minutes. La porte céda difficilement.

— Alfonzo Garcio, entrepreneur des pompes funèbres, d'origine espagnole, déclare habiter la rue Morgue. Il accompagna ceux qui entrèrent dans la maison, mais ne monta pas, étant d'un tempérament nerveux et redoutant les suites de l'émotion. Il en-

tendit les voix de ceux qui se disputaient. Il n'a pu
distinguer les paroles prononcées, mais la voix rude
était certainement celle d'un Français. Quant à la
voix perçante, il est sûr que c'était celle d'un Anglais. Ne sachant pas l'anglais, il n'a pu en juger
que par l'intonation.

— Alberto Montani, confiseur, fut un des premiers
à gravir l'escalier et entendit les éclats de voix. La
grosse voix semblait faire des remontrances; c'était
celle d'un Français. Il put saisir plusieurs paroles
dites par elle, mais ne comprit rien à ce que disait
la voix perçante qui parlait vite avec une accentua-
tion inégale. — une voix de Russe probablement.
Les affirmations de Montani confirment les autres
témoignages. Italien d'origine, il n'a jamais parlé
avec un Russe.

Plusieurs témoins étant rappelés déclarèrent que
les cheminées de toutes les pièces du quatrième
étage étaient trop étroites pour livrer passage à une
personne. On ne put que faire passer dans toutes les
cheminées de la maison ces brosses cylindriques
dont se servent les ramoneurs. Comme il n'y a pas
d'escalier de service, personne n'aurait pu s'enfuir
sans rencontrer ceux qui montaient. Le corps de
Mlle L'Espanaye était si fermement fixé dans la cheminée qu'il a fallu les efforts réunis de quatre ou
cinq personnes pour l'en dégager.

— Paul Dumas, médecin, déclare qu'appelé dès
qu'il fit jour pour examiner les cadavres, il les
trouva tous deux couchés sur la paillasse dans la
chambre où l'on avait trouvé Mlle L'Espanaye. Le
corps de la jeune fille était couvert d'ecchymoses et
d'excoriations qu'expliquait assez la façon dont il
avait été serré dans l'étroit tuyau de la cheminée.
Il y avait des écorchures au cou, plusieurs profondes
égratignures sous le menton où une série de taches
livides semblait résulter de l'empreinte de doigts.
Les yeux faisaient saillie dans le visage décoloré, la
langue avait été à moitié coupée par les dents. Une
grande meurtrissure au creux de l'estomac doit
avoir pour cause la pression d'un genou. Selon
M. Dumas, Mlle L'Espanaye aurait été étranglée
par un assassin qui aurait ensuite pris la fuite. Le

cadavre de la mère était aussi horriblement mutilé,
tous les os de la jambe et du bras droits fracturés,
les côtes et le tibia gauches broyés, le corps tout
entier affreusement meurtri et décoloré. On ne pouvait en déduire la nature des coups portés; une
lourde massue en bois, une grande barre de fer, une
chaise, tout objet grand, lourd et émoussé, manié
par un homme très fort, aurait pu produire de pareils résultats. Aucune femme n'aurait eu la force
d'infliger de telles blessures. La tête, fracassée, était
entièrement séparée du tronc; elle avait été coupée avec un instrument très tranchant, probablement un rasoir.

— Alexandre Etienne, chirurgien, appelé à examiner les corps avec M. Dumas, confirme le témoignage et les opinions de ce dernier.

Quoiqu'on ait interrogé plusieurs autres personnes on n'a pu en tirer de nouveaux renseignements.
Jamais il n'a été commis à Paris d'assassinat aussi
mystérieux. — si tant est que nous soyons en présence d'un assassinat. La police est en défaut, ce
qui arrive rarement en pareille matière; elle ne
trouve pas le moindre indice qui puisse la mettre
sur les traces de l'auteur du crime. »

Le journal du soir décrivait l'agitation qui régnait
encore au quartier Saint-Roch. Le lieu du crime
avait été l'objet d'une nouvelle visite et l'on avait
de nouveau interrogé les témoins. Vains efforts. Cependant une note apprenait au lecteur qu'on avait
arrêté Adolphe Lebon, bien qu'aucun fait nouveau
ne fût venu l'incriminer davantage.

Autant que j'en pus juger à son attitude, car il
n'en dit rien, Dupin semblait s'intéresser vivement
au cours de cette affaire. Ce ne fut qu'après l'arres-
tation de Lebon qu'il me demanda mon impression
au sujet du double assassinat.

Ne voyant rien qui pût mettre la justice sur les
traces du meurtrier, je ne pus que convenir avec
tout Paris que nous nous trouvions en face d'un
mystère insoluble.

— Il ne faut pas en juger d'après cet examen su-
perficiel, dit Dupin. La police parisienne, dont on

vante tant la perspicacité, est rusée, rien de plus. Il n'y a pas de méthode dans ses recherches ; elle agit selon l'impulsion du moment, faisant étalage de ses mesures, qui pourtant sont souvent si mal adaptées au but qu'elles nous rappellent M. Jourdain demandant sa robe de chambre — pour mieux entendre la musique. Les résultats qu'elle obtient sont parfois étonnants, mais elle les doit la plupart du temps uniquement à l'assiduité et à l'activité de ses membres. Là où ces qualités ne suffisent pas, les combinaisons les mieux organisées n'aboutissent à rien. Vidocq, par exemple, devinait bien et avait de la persévérance, mais faute d'éducation il se trompait continuellement par l'exagération même de ses recherches. Il s'abîma la vue en regardant les objets de trop près, voyant sans doute un ou deux d'entre eux avec une netteté remarquable, mais perdant par là même la vue de l'ensemble. On peut trop approfondir ; la vérité n'est pa~ toujours cachée au fond d'un puits. Je crois même qu'elle se trouve presque toujours près de la surface, surtout quand il s'agit des choses qu'il importe le plus de savoir. La vérité n'est pas au fond des vallées où nous l'allons chercher, mais bien plutôt à découvert sur la cime des montagnes. La contemplation des astres nous fournit un exemple frappant de l'erreur dont je parle. Jeter les yeux à plusieurs reprises sur une étoile, la regarder de biais de façon que l'image vienne se peindre sur les bords de la rétine à l'endroit où celle-ci est le plus sensible à de faibles rayons de lumière, voilà le moyen d'en apprécier le mieux l'éclat, qui diminue au contraire à mesure qu'il devient l'objet d'une vision directe. A vrai dire, c'est vu de face qu'un objet lumineux fait pénétrer le plus grand nombre de rayons dans l'œil, mais c'est dans la vision indirecte que la puissance de perception est la plus grande. Trop approfondir déconcerte et affaiblit la pensée ; un regard trop soutenu, trop attentif, trop direct peut faire disparaître du firmament la plus brillante des planètes, Vénus elle-même.

« Quant à ces assassinats, allons nous-mêmes aux renseignements avant de nous former une opinion là-dessus. Une enquête nous amusera (le mot me parut étrange vu les circonstances, mais je ne le relevai point); d'ailleurs, poursuivit Dupin. j'ai de la reconnaissance envers Lebon qui m'a autrefois rendu service. Allons nous-mêmes visiter les lieux du crime. Je connais G..., le Préfet de Police, et n'aurai aucune difficulté à obtenir l'autorisation voulue. »

L'autorisation obtenue, nous nous rendîmes aussitôt rue Morgue. C'est le nom d'une de ces petites rues mesquines situées entre la rue Richelieu et la rue Saint-Roch. L'après-midi était avancé lorsque nous y arrivâmes, ce quartier étant fort éloigné de celui où nous demeurions. Nous trouvâmes facilement la maison. car une vaine curiosité attirait encore une foule de personnes qui du trottoir opposé, contemplaient les volets fermés. C'était une maison comme il y en a tant à Paris, avec une porte-cochère; d'un côté une fenêtre à guichet indiquait la loge du concierge. Avant d'entrer nous remontâmes la rue, enfilâmes une ruelle, puis, tournant de nouveau, nous nous trouvâmes derrière le bâtiment. Pendant ce temps Dupin explorait des yeux non seulement la maison mais encore tout le voisinage avec une attention vigilante dont je ne saisissais pas la portée. Revenus devant la maison nous avons sonné, et les agents nous laissèrent entrer grâce à l'autorisation dont nous étions munis. Nous montâmes dans la chambre où l'on avait trouvé le corps de Mlle L'Espanaye et dans laquelle on avait encore laissé les deux cadavres. Selon l'usage on n'avait pas touché au désordre de la pièce. Je ne vis pas autre chose que ce qu'avait décrit la « Gazette des Tribunaux ». Non seulement les cadavres des victimes. mais aussi la disposition de la pièce et tout ce qu'elle contenait furent soumis par Dupin à un examen minutieux. Nous passâmes ensuite dans les autres pièces, puis dans la cour, toujours accompagnés d'un gendarme. La nuit tombait lorsque, ayant terminé nos recherches, nous quittâmes la maison. En rentrant, mon compagnon s'arrêta en route au bureau d'un des journaux quotidiens.

Il m'est déjà arrivé de parler des nombreux caprices de mon ami et de mon empressement à les ménager. Il lui plut alors d'éviter pour le moment toute conversation au sujet du meurtre, mais le lendemain vers midi il me demanda tout à coup si quelque chose de particulièrement étrange m'avait frappé la veille.

Sa façon de souligner le mot « étrange » me fit frémir, je ne sais pourquoi.

— Non, rien d'étrange, répondis-je, du moins pas autre chose que ce que nous savions déjà tous les deux par les journaux.

— Je crains, reprit-il, que la Gazette ne se soit pas rendu compte de tout ce que cette horrible affaire a d'insolite. Mais laissons de côté les vaines conclusions de cette feuille. Il me semble que l'on regarde ce mystère comme insoluble pour la raison même qui devrait nous amener à en considérer la solution comme facile, c'est-à-dire à cause de son caractère outré. Ce qui déroute la police, ce n'est pas tant l'absence de motif pour le crime lui-même, c'est plutôt l'impossibilité absolue d'en motiver toute l'atrocité. Comment concilier ces faits apparemment contradictoires : les voix entendues, la chambre vide : on n'a trouvé que la jeune fille assassinée, et pourtant personne n'a pu sortir sans rencontrer ceux qui montaient. La chambre sens dessus-dessous, le corps, la tête en bas, refoulé dans la cheminée, le cadavre horriblement mutilé de la vieille dame, voilà bien assez, avec ce que j'ai déjà dit et avec d'autres faits encore que je puis passer sous silence, pour paralyser le service de la sûreté en mettant complètement à défaut la perspicacité tant vantée des agents du gouvernement. Tombant dans une erreur grossière mais commune, ils ont confondu l'exceptionnel avec le complexe. Pourtant ce n'est qu'en se cramponnant à ces faits exceptionnels que la raison humaine avance dans sa recherche de la vérité. Dans une enquête semblable à celle que nous entreprenons, la question qu'on se pose n'est pas « qu'est-il arrivé ? », mais « qu'est-il arrivé qui arrive pour la première fois ? » Et en effet la facilité avec laquelle je me propose de débrouiller ce mystère est en raison directe des difficultés que présente sa solution aux yeux de la police.

Je regardai mon interlocuteur avec ébahissement.

— J'attends maintenant, continua-t-il jetant un regard vers la porte, j'attends en ce moment même une personne qui, sans avoir pris part elle-même à ce massacre, doit s'y trouver mêlée jusqu'à un certain point. Il est vraisemblablement innocent de ce qu'il y a de plus hideux dans ce crime, du moins j'espère ne pas me tromper en cela, car c'est là-dessus que je fonde mon espoir de résoudre l'énigme tout entière. Je m'attends d'un moment à l'autre à voir arriver ici même cet homme; peut-être ne viendra-t-il pas, mais il est plus probable qu'il vienne. S'il vient, il faudra le garder, même de force. Voici des pistolets; à l'occasion nous saurons tous deux nous en servir.

Je pris machinalement les pistolets, croyant à peine à ce que j'entendais, tandis que Dupin de son côté continuait comme s'il se parlait à lui-même. J'ai déjà fait allusion à son air distrait en pareille occasion. Il s'adressait à moi; mais sans élever la voix, il lui donnait pourtant le ton dont on se sert pour être entendu au loin. Son regard vague fixait le mur.

— Les dépositions des témoins, poursuivit-il, prouvent assez que les voix entendues n'étaient pas celles des femmes elles-mêmes. Ceci nous fait renoncer à supposer que la vieille dame ait d'abord tué sa fille et se soit ensuite suicidée. Je ne fais allusion à cette hypothèse que par esprit de système, car jamais les forces de Mme l'Espanaye n'auraient suffi à fourrer le corps de sa fille dans la cheminée, et d'ailleurs la nature de ses propres blessures élimine la possibilité qu'elle se soit tuée elle-même. Le meurtre a donc été commis par des tiers, et ce sont ces personnes dont on a entendu les éclats de voix. Venons-en maintenant, non pas au témoignage entier concernant ces voix, mais à ce que ce témoignage avait de particulier. Y avez-vous remarqué quelque chose de particulier?

— J'observai que tous les témoins, d'accord pour attribuer la grosse voix à un Français, ne s'accordaient nullement quant à la voix perçante, ou, comme l'appela l'un d'eux, la voix âpre.

— C'est là le témoignage en lui-même, mais non ce qu'il a de singulier, dit Dupin. Vous n'avez remarqué rien de distinctif. Et pourtant il y avait bien quelque chose à remarquer. Comme vous le dites, les témoins s'accordent à l'unanimité quant à la grosse voix. Mais pour ce qui est de la voix perçante, ce n'est pas le désaccord des témoins qui est étrange, mais le fait que, décrite par un Italien, un Anglais, un Espagnol, un Hollandais, un Français, elle fut attribuée par chacun d'eux à un étranger. Ils sont tous convaincus que ce n'était pas la voix d'un de leurs compatriotes, bien plus, chacun d'eux l'attribue à une personne d'un pays dont il ne connaît pas la langue. Le Français croit que c'était la voix d'un Espagnol et « aurait pu distinguer quelques mots s'il avait su l'espagnol ». Le Hollandais soutient que c'était la voix d'un Français, mais on nous dit que « ce témoin ne sachant pas le français fut interrogé par un interprète ». L'Anglais pense que c'était la voix d'un Allemand, mais « ne comprend pas l'allemand ». L'Espagnol « est sûr » que c'était celle d'un Anglais, mais « juge » entièrement « par l'intonation, n'ayant aucune connaissance de la langue anglaise ». L'Italien la croit une voix de Russe, mais « n'a jamais parlé à un Russe ». De plus, un second Français diffère du premier, assurant que la voix était celle d'un Italien; mais ne sachant pas cette langue, il est comme l'Espagnol, lui aussi « convaincu par l'intonation ». Combien cette voix a dû être en réalité étrange pour susciter de pareils témoignages, une voix dont le ton même n'avait pour des citoyens de tant de grands Etats de l'Europe rien de familier! Vous pourriez dire que c'était la voix d'un Asiatique ou d'un Africain. Sans objecter que ces gens n'abondent pas à Paris, j'appellerai votre attention sur trois points : un des témoins qualifie la voix « d'âpre », plutôt que de « perçante ». Deux autres en décrivent le son comme « rapide et inégal ». Aucun Français n'a cru pouvoir distinguer de mots ni de sons articulés ressemblant à des mots.

« Je ne sais, continua Dupin, quelle impression mes paroles ont pu faire jusqu'ici sur votre esprit, mais je n'hésite pas à dire que les déductions légitimes à tirer de ces dépositions suffisent à elles seules à engendrer un soupçon qui devrait dorénavant diriger toute l'enquête en ce mystère. J'ai parlé de « déductions légitimes », mais ce n'est pas encore assez dire. J'entends par là que ces déductions sont les seules admissibles et que ce soupçon est l'unique conclusion qui en résulte nécessairement. Je ne vais pourtant pas encore vous dire en quoi consiste ce soupçon. Je veux seulement vous faire constater que chez moi ce soupçon a eu assez de force pour donner une certaine forme, une direction déterminée à mon examen de la chambre.

« Transportons-nous maintenant en imagination dans cette pièce. Qu'y chercherons-nous d'abord? Le moyen sans doute par lequel les assassins en sont sortis. Je n'ai pas besoin de dire que ni vous ni moi nous ne croyons à l'intervention du surnaturel. Mme et Mlle L'Espanaye n'ont pas été tuées par des esprits. Le crime a bien été commis par des êtres matériels qui ont dû disparaître par une voie matérielle. Mais de quelle manière? Il n'y a heureusement qu'une façon de raisonner là-dessus, qui doit nécessairement conduire à une solution certaine. Passons donc en revue les différentes sorties possibles Il est évident que les assassins étaient encore dans la chambre où l'on trouva le corps de Mlle L'Espanaye, ou dans la chambre à côté, pendant qu'on montait. Ce n'est donc qu'à ces deux pièces que nous avons à chercher des sorties. La police a de tous les côtés mis à nu les planchers, les plafonds, la maçonnerie des murs. Aucune porte dérobée n'aurait pu échapper à sa vigilance. Cependant ne me fiant pas à la sagacité des agents, j'ai voulu tout examiner de mes propres yeux. Il n'y avait en effet nulle part d'issue secrète. Les deux portes faisant communiquer les pièces avec le corridor étaient fermées à clef, et la clef se trouvait à l'intérieur. Quant aux cheminées, d'une largeur ordinaire vers le bas, elles se rétrécissent trois mètres plus haut de façon qu'un chat même n'y passerait pas. L'impossibilité de sortir de ces côtés nous en fit venir à considérer les fenêtres. Personne n'aurait pu s'échapper par celles qui donnent sur la rue sans s'attirer l'attention de la foule qui stationnait en bas. Il faut donc que l'assassin ait passé par les fenêtres de la chambre sur la cour. Amenés ainsi de toute nécessité à cette conclusion, il ne nous appartient pas, à nous autres logiciens, de la rejeter à cause de l'impossibilité qu'elle présente à première vue. Il nous est seulement permis de penser que l'impossibilité apparente n'en est pas une en réalité.

La fantaisie de l'architecte a doté la pièce du fond de deux fenêtres à guillotine. L'une est entièrement visible; on y accède librement. L'autre est bloquée par des meubles, un grand lit en cachant la partie inférieure. La première fenêtre était solidement fermée au dedans et résista à tous les efforts de ceux qui cherchèrent à l'ébranler. Le châssis était percé à gauche d'un trou à la vrille dans lequel on avait enfoncé un gros clou. A l'examen on trouva un clou pareil à l'autre fenêtre, et un effort vigoureux pour relever le châssis échoua également. La police, convaincue qu'on n'avait pu passer par là, trouva superflu de retirer les clous et d'ouvrir les fenêtres.

« Mon examen fut plus approfondi, pour la raison même que je viens de vous donner, qu'il fallait absolument démontrer que l'impossibilité n'était ici qu'apparente.

« Je raisonnai donc ainsi, *à posteriori* : c'est par une de ces fenêtres que les assassins se sont échappés. Mais comment alors avaient-ils ainsi refermé les fenêtres du dedans ? Cette difficulté, de prime abord insurmontable, a suffi pour détourner la police de la piste véritable. Le fait est en effet indéniable; les fenêtres étaient fermées. Elles ont donc dû se refermer automatiquement, il n'y a pas d'autre alternative. M'avançant vers la croisée libre, avec quelque difficulté j'en retirai le clou et cherchai à relever le châssis. Comme je l'avais prévu, il résista à tous mes efforts. Il y avait donc un ressort caché. Cette découverte confirmant mon pressentiment, me démontrant que j'étais parti de prémisses correctes, je ne me laissai pas abattre par le mystère encore inexplicable de la présence des clous. Une recherche minutieuse me révéla bientôt le ressort caché. Je le fis jouer, et, satisfait de cette découverte, je me dispensai de relever le châssis.

Remettant le clou en place, je le considérai avec attention. Une personne passant par cette fenêtre aurait pu la refermer derrière elle; le ressort aurait joué, mais on n'aurait pu replacer le clou. La conclusion se tirait toute seule, rétrécissant encore le champ de mes recherches : les assassins avaient dû fuir par l'autre fenêtre. Si donc les ressorts des deux fenêtres étaient pareils, ce qui était vraisemblable, il fallait qu'il y eût une différence entre les clous, ou du moins qu'ils fussent autrement plantés. Montant sur le matelas, je considérai attentivement la seconde croisée par-dessus la tête du lit, puis passant la main derrière la boiserie, je trouvai tout de suite et fis jouer le ressort, pareil à l'autre comme je l'avais supposé. Je regardai le clou; il était aussi gros que l'autre, et semblait enfoncé de même presque jusqu'à la tête.

« Si vous croyez que je fus embarrassé, c'est que vous ne comprenez pas bien le genre d'induction que je faisais. Pour me servir d'un terme de chasse, je n'avais pas été un instant dépisté. Aucun anneau de la chaîne de mon raisonnement n'avait de défaut. J'étais remonté jusqu'à la source même du mystère, jusqu'au clou. Le clou avait tout l'air d'être pareil à l'autre, mais ce fait n'était pas concluant, quoiqu'il en pût sembler, vu que le fil de mon raisonnement se terminait ici. « Qu'y a-t-il à ce clou? » me dis-je en y touchant, et voilà que la tête avec six ou sept millimètres de la tige se détacha entre mes doigts, le bout de la tige restant dans le trou de vrille. Le clou était tout rouillé à l'endroit où il était cassé; un coup de marteau avait dû en le cassant en enfoncer la tête dans le haut du châssis.

inférieur. Je replaçai avec soin cette partie dans le trou d'où je l'avais tirée et la cassure devint invisible : on eût dit un clou entier. Faisant jouer le ressort je relevai doucement le châssis de quelques centimètres; la tête du clou monta avec lui, fermement fixée dans le bois. Je refermai la fenêtre et de nouveau le clou parut entier.

« J'avais donc jusqu'ici réussi à résoudre l'énigme. L'assassin s'était enfui par la fenêtre qui s'ouvrait sur le lit, et qui, retombant automatiquement ou baissée à dessein, avait fait jouer le ressort. C'était la ténacité de ce ressort que la police avait attribuée au clou, et qui lui avait fait trouver superflu de continuer les recherches de ce côté.

« Mais une fois sorti par la fenêtre, comment l'assassin a-t-il pu descendre ? En faisant avec vous le tour du bâtiment j'avais pu résoudre d'avance cette question. Un paratonnerre passe à environ un mètre soixante-cinq de la croisée. Certes personne ne pourrait de là atteindre la fenêtre, encore moins y entrer, mais les volets du quatrième étage sont de cette espèce que les menuisiers parisiens appellent des ferrades, — genre qui se fait rarement aujourd'hui, mais qui se voit encore souvent aux vieilles constructions à Lyon et à Bordeaux. Ils ont la forme d'une porte à un seul battant; la moitié inférieure est à treillis, pouvant ainsi donner prise aux mains. Dans le cas dont il s'agit, ces volets ont au moins un mètre de large. Quand nous les avons vus d'en bas ils étaient tous les deux à moitié ouverts, c'est-à-dire qu'ils formaient avec le mur un angle droit. La police a dû, comme moi, examiner le local par derrière, mais regardant ces ferrades dans cette position les agents ne se seront pas rendu compte de leur largeur, ou du moins n'y auront pas accordé assez d'attention. Et en effet, une fois convaincus qu'on ne pouvait sortir par là, pourquoi y auraient-ils consacré un examen approfondi ? Mais à notre avis le volet de la fenêtre à la tête du lit devait, si on le repoussait contre le mur, arriver jusqu'à moins d'une soixantaine de centimètres du paratonnerre. Une personne d'une agilité peu ordinaire et d'un grand courage aurait donc pu passer du paratonnerre dans la chambre. Le volet étant grand ouvert un voleur aurait pu, du paratonnerre, étendre la main à environ soixante quinze centimètres et saisir fermement le treillis. Puis, lâchant le paratonnerre et appuyant les pieds contre le mur, d'un saut brusque il aurait pu refermer le volet et s'introduire dans la chambre par la fenêtre ouverte.

« Remarquez qu'un degré tout à fait extraordinaire d'agilité était nécessaire pour faire réussir un exploit aussi difficile et dangereux. J'ai l'intention de vous faire voir d'abord que la chose est possible, mais en second lieu et surtout j'insiste sur l'agilité extraordinaire et pour ainsi dire surhumaine qu'il aurait fallu pour l'accomplir.

« Vous direz sans doute que pour prouver mon cas, loin d'insister sur l'importance de cette agilité, je devrais au contraire ne pas en tenir compte. Il se peut que la justice ferait de la sorte, mais ce n'est pas agir selon la raison. Mon but final est uniquement la recherche de la vérité, mais pour le moment je désire que vous fassiez le rapprochement dans votre esprit de ces deux idées : l'agilité dont je viens de parler, et cette voix perçante (ou âpre) et inégale, entendue par plusieurs témoins, et que tous ont attribuée à un étranger, sans être d'accord sur sa nationalité, et sans pouvoir distinguer aucune syllabe des sons énoncés.

A ces mots, une idée vague, à peine formulée, de ce que voulait dire Dupin, me traversa l'esprit. Il me semblait être sur le point de comprendre sans y arriver tout à fait, de même qu'on est parfois tout près d'un souvenir, sans parvenir à la fin à se le rappeler. Mon ami poursuivit :

« Vous voyez qu'au lieu de chercher le mode de sortie des malfaiteurs j'ai cherché celui de leur entrée. J'avais pour dessein de vous donner l'idée que les deux se sont accomplies au même endroit et de la même façon. Considérons maintenant l'état des choses à l'intérieur de la chambre. On a dit que les tiroirs de la commode avaient été pillés; bien qu'il s'y trouvât encore plusieurs vêtements. Cette idée est absurde, une simple conjecture, très sotte, voilà tout. Pourquoi les tiroirs auraient-ils contenu autre chose que ce que l'on y a retrouvé ? Mme L'Espanaye et sa fille menant une vie très retirée, ne recevant pas, sortant peu, n'avaient guère l'occasion de faire des frais de toilette; ce qu'on a trouvé dans les tiroirs, ce devait bien être ce qu'elles avaient de plus élégant. Si un voleur a emporté quelques-uns de leurs vêtements, pourquoi n'a-t-il pas choisi les plus beaux, pourquoi n'a-t-il pas tout pris ? Enfin pourquoi aurait-il laissé quatre mille francs en or pour s'embarrasser d'un paquet de linge ? Et c'est un fait qu'il a laissé l'or. On a retrouvé dans des sacs par terre presque toute la somme indiquée par le banquier M. Mignaud. Je veux donc que vous écartiez de votre esprit cette idée malencontreuse de motif, éveillée chez les agents par le fait qu'on avait livré de l'argent à la maison. Des coïncidences mille fois plus remarquables que cette livraison d'argent suivi trois jours plus tard d'un assassinat nous arrivent à chaque instant de la vie sans que nous y fassions attention. Les coïncidences sont en général un grave écueil pour les penseurs qui ne savent rien du calcul des probabilités, de cette théorie à laquelle les objets les plus élevés de la spéculation humaine doivent leur plus belle exposition. Dans le cas actuel, si l'argent avait disparu, sa livraison trois jours plus tôt, aurait été quelque chose de plus qu'une coïncidence, puisqu'elle aurait corroboré l'idée de motif. Mais vu les circonstances actuelles, s'il nous faut croire que le vol ait été le motif de cet attentat, il nous faut aussi envisager l'assassin comme un imbécile qui aurait abandonné avec l'argent le motif même de son crime.

« Sans perdre de vue les points sur lesquels j'ai attiré votre attention, la voix étrange, l'agilité extraordinaire, et l'absence étonnante de motif à un assassinat aussi singulièrement atroce, considérons maintenant le massacre en lui-même. Nous avons ici une femme étranglée par une main d'une force extraordinaire; son cadavre a été refoulé dans une cheminée, la tête en bas. L'assassin vulgaire ne se sert de tels procédés, ni pour commettre le meurtre, ni pour se débarrasser ensuite du corps de sa victime. Vous reconnaîtrez qu'il y avait quelque chose de tout à fait outré dans la façon dont le cadavre était refoulé dans la cheminée, quelque chose de tout à fait inconciliable avec la notion que nous nous faisons des actions des hommes même les plus dépravés. Imaginez-vous quelle a dû être la force qui refoula ce corps dans ce passage avec tant de violence que les efforts réunis de plusieurs personnes purent à peine l'en retirer.

« Pour en venir à d'autres faits qui montrent cette force prodigieuse, on a trouvé dans le foyer des poignées de cheveux gris évidemment arrachés à une tête humaine. Vous savez quelle force est nécessaire pour arracher même vingt ou trente cheveux à la fois et comme moi vous avez été frappé d'horreur à la vue de ces masses de cheveux ensanglantés aux racines desquels pendaient encore des lambeaux gluants de chair, nouvelle preuve de la force surhumaine de celui qui a ainsi arraché des milliers de cheveux à la fois. Remarquez ensuite que, non content de trancher le cou à la vieille dame, l'assassin avait entièrement séparé la tête du tronc, et cela par un simple coup de rasoir. Je veux aussi vous faire envisager la férocité de brute que révèlent ces actes. Je ne dis rien des meurtrissures dont le corps de Mme L'Espanaye était couvert; selon M. Dumas et son digne collègue M. Etienne elles auraient été infligées par quelque instrument émoussé, et en cela ils ont raison. Mais l'instrument dont il s'agit n'était évidemment pas autre chose que le pavé de la cour sur lequel la victime échoua en tombant de la fenêtre qui s'ouvre sur le lit. Cette idée, quelque évidente qu'elle puisse nous paraître, n'est pas venue à la police pour la même raison qui l'a empêchée de remarquer la largeur des volets, pour la raison que la présence des clous avait hermétiquement fermé, leur esprit à la notion que les fenêtres aient pu s'ouvrir.

« Ajoutons maintenant à l'énumération de ces faits l'étrange désordre de la pièce, et nous arriverons à

4

la combinaison d'idées suivantes : une étonnante agilité, une force surhumaine, une férocité brutale, une tuerie sans motif, une extravagance épouvantable qui n'a plus rien d'humain, une voix d'un ton inconnu à des citoyens de plusieurs pays et dépourvue de toute articulation nette ou intelligible. Qu'en résulte-t-il ? Quelle impression cela fait-il sur votre imagination ?

A cette question j'eus la chair de poule.

— Un aliéné a dû être l'auteur de ce crime, m'écriai-je, quelque fou furieux échappé d'une maison de santé voisine.

— Sous certains rapports, répliqua Dupin, votre idée ne manque pas d'à-propos ; cependant la voix d'un fou, même dans ses accès les plus terribles, ne ressemble pas à cette voix étrange entendue dans l'escalier. Les aliénés appartiennent à tel ou tel pays, et leur parole est articulée, quelle que soit l'incohérence de leur discours. D'ailleurs les cheveux d'un fou ne ressemblent pas à ce que tiens dans la main, à cette petite touffe que j'ai dégagée des doigts rigides et contractés de Mme L'Espanaye. Qu'en dites-vous ?

— Dupin ! m'écriai-je, tout bouleversé, quel poil étrange — ce ne sont pas là des cheveux humains ?

— Je n'ai pas affirmé qu'ils le fussent, dit-il, mais avant de nous décider sur ce point, je vous prierai de jeter les yeux sur le petit dessin tracé sur cette feuille de papier. C'est un facsimilé de ce que quelques-uns des témoins ont appelé « des ecchymoses et de profondes marques d'ongles », sur le cou de Mlle L'Espanaye, et d'autres (MM. Dumas et Etienne) « une série de taches livides résultant de l'empreinte de doigts ».

— Vous remarquerez, poursuivit mon ami en étalant la feuille de papier sur la table devant nous, que ce dessin nous donne l'idée d'une pression ferme et maintenue. On dirait que les doigts n'ont pas glissé, mais qu'ils ont gardé, sans doute jusqu'à la mort de la victime, la terrible étreinte avec laquelle ils se sont enfoncés dans le cou. Essayez donc de pla-

cer tous vos doigts à la fois dans les empreintes indi-
quées ici.

Je m'y efforçai en vain.

— Peut-être ne faisons-nous pas tout ce qu'il
faudrait pour réaliser les conditions de l'expérience.
Cette feuille est tendue à plat, tandis que le cou
humain forme un cylindre. Voici une bûche de bois
ayant à peu près la circonférence du cou; pliez la
feuille autour, et tentez de nouveau l'expérience.

Je le fis, mais la difficulté n'en fut qu'accentuée,
et je lui dis : « Ce n'est pas là l'empreinte d'une
main humaine. »

— Lisez maintenant ce passage de Cuvier, reprit
Dupin.

C'était une description complète, une anatomie
détaillée, du grand orang-outang fauve des Indes
Orientales. La haute taille, la force et l'agilité pro-
digieuses, la férocité sauvage, et les facultés d'imitation de ces mammifères sont assez connues de tout
le monde. Je saisis aussitôt toute l horreur du
drame.

— La description des doigts, dis-je dès que j'eus
terminé ma lecture, s'accorde exactement avec ce
dessin. Je vois qu'aucune bête, si ce n'est un orang-
outang de cette espèce, n'aurait pu laisser des empreintes telles que vous les avez dessinées. De plus,
la touffe de poils fauves est de tout point identique
à ceux de l'animal décrit par Cuvier. Pourtant il
m'est encore impossible de comprendre tous les détails de cet affreux mystère. D'abord on a entendu
deux voix, dont l'une était indubitablement celle
d'un Français.

— En effet, et vous vous rappellerez l'exclamation
que presque tous les témoins prêtent à cette voix :
« Mon Dieu ». Vu les circonstances, l'un d'eux, le
confiseur Montani, a correctement compris dans ce
mot un reproche. C'est donc surtout sur ces deux
mots que je fonde l'espoir de résoudre l'énigme. Un
Français a eu connaissance de ce meurtre. Il est
possible, il est même plus que probable qu'il ne prit
aucune part au drame sanglant qui s'est déroulé
sous ses yeux. Il se peut que l'orang-outang lui ap-

partient et a réussi à s'échapper. Son maître a pu le suivre jusqu'à la chambre, mais les circonstances terribles qui suivirent l'auront empêché de le ressaisir. La bête doit être encore en liberté. Je ne poursuivrai pas ces conjectures — car je n'ai pas le droit de leur donner d'autre nom, puisque les réflexions sur lesquelles elles se fondent sont si nuageuses, si peu profondes que je puis à peine les admettre moi-même, encore moins les rendre intelligibles pour un autre. Traitons-les donc de simples conjectures. Si l'homme dont il s'agit est, comme je le suppose, innocent de ce crime atroce, cette annonce que j'ai laissée hier soir à notre retour aux bureaux du « Monde », journal consacré aux armateurs et beaucoup lu par les marins, l'amènera chez nous.

Il me tendit une feuille de papier sur laquelle je lus ces mots :

TROUVÉ. — Dans le Bois de Boulogne, dans la matinée du... ct. (le matin du crime), un très grand orang-outang de l'espèce bornéenne. Son maître, que l'on sait être matelot sur un vaisseau maltais, peut rentrer en possession de la bête en en constatant l'identité, et en acquittant les frais de sa capture et de son entretien. S'adresser au numéro..., rue..., faubourg Saint-Germain, au troisième.

« Comment avez-vous pu savoir que l'homme est marin, et qu'il appartient à un vaisseau maltais? »

« Je ne le sais pas, dit Dupin, je n'en suis pas sûr. Mais voici un petit nœud de ruban assez crasseux pour avoir servi à attacher les cheveux d'un matelot dans une de ces queues qu'affectent encore les gens de ce métier. Il n'y a qu'un marin pour faire ce nœud-là, et encore faut-il que ce soit un Maltais. J'ai ramassé le ruban au bas du paratonnerre. Il n'a pu appartenir ni à l'une ni à l'autre des victimes. Même admettant que je me sois trompé, que l'individu en question ne soit ni marin ni Maltais, il n'y a pas de mal à m'être exprimé comme je l'ai fait dans l'annonce. Dans ce cas, il se dira seulement que j'ai été induit en erreur par quelque circonstance qu'il ne se donnera pas la peine d'approfondir. Mais si j'ai raison, c'est autant de gagné. Sa connaissance du crime, quoiqu'il en soit innocent, fera hésiter cet homme à répondre à l'annonce, et à réclamer l'orang-outang. Mais il raisonnera ainsi : « Je suis innocent; je suis pauvre; mon orang-outang est d'une grande valeur, une fortune à lui seul pour un homme dans ma situation, pourquoi le perdrais-je pour de sottes craintes ? Je n'ai qu'à le réclamer. On l'a trouvé au Bois de Boulogne à une grande distance du lieu du crime. Comment soupçonnerait-on qu'une bête eût fait le coup ? La police est en défaut; elle n'a pas trouvé le moindre indice qui la mette sur la piste du meurtrier. Et même si elle eût suivi l'animal on ne saurait prouver que j'ai eu connaissance du crime, ni m'inculper si l'on arrivait à prouver cette connaissance. Mais l'essentiel c'est que *je suis connu*. Celui qui a inséré cette annonce me désigne comme propriétaire du singe, et je ne sais jusqu'où peut aller son savoir. Si j'hésite à réclamer une bête d'une si grande valeur, je risque de faire porter les soupçons sur elle. Or j'aurais tort d'attirer l'attention sur elle ou sur moi-même. Je répondrai donc à l'annonce, je reprendrai l'orang-outang, et je le tiendrai caché jusqu'à ce que l'agitation causée par cette affaire se soit dissipée. »

A ce moment un pas se fit entendre dans l'escalier.

— Tenez, vos pistolets prêts, mais ne les montrez et ne vous en servez que si je vous fais signe.

La porte de la maison étant ouverte quelqu'un était entré et avait gravi les premières marches de l'escalier. Tout à coup il sembla hésiter, et se mit à redescendre. Dupin s'avançait déjà vers la porte lorsque les pas s'approchèrent de nouveau, et sans se retourner cette fois, on monta avec décision, et l'on frappa à la porte de la pièce où nous nous tenions.

— Entrez, cria Dupin avec bonhomie.

La porte s'ouvrit et un homme parut sur le seuil. C'était évidemment un marin; il était grand, d'une forte carrure, d'un air vigoureux, et avait une certaine hardiesse de maintien qui ne déplaisait pas.

Son visage hâlé était à moitié recouvert d'une barbe ;
il avait un gros gourdin à la main, mais ne semblait
pas avoir d'autres armes. Sa façon de parler était
bien celle d'un marin, mais son accent dénotait son
origine parisienne.

— Asseyez-vous, mon ami, lui dit Dupin, je suppose que vous venez au sujet de l'orang-outang.
Voilà un singe magnifique, vous avez de la chance
d'en être le propriétaire ; il doit être d'une grande
valeur. Quel âge peut-il avoir ?

Le marin respira d'aise, comme un homme que
l'on aurait débarrassé d'un fardeau insupportable,
puis il répondit d'une voix assurée :

— Je n'ai pas le moyen de savoir au juste, mais il
ne doit pas avoir plus de quatre ou cinq ans. Est-il
ici ?

— Oh non, on n'aurait pas pu le garder ici. Il est
chez un loueur de chevaux, rue Debourg, à côté.
Vous pourrez le chercher demain matin. Mais vous
êtes sûr de pouvoir constater l'identité de la bête.

— Bien sûr, monsieur.

— J'aurai du regret à me séparer d'elle, fit Dupin.

— Je ne veux pas que vous ayez pris tant de
peine pour rien, monsieur, reprit l'homme. Je de-
vais m'y attendre, et je suis prêt à donner une récompense à la personne qui a trouvé le singe ; pourvu
qu'on ne soit pas trop exigeant.

— Bien, répondit mon ami, ce n'est que juste.
Voyons — que pourrai-je vous demander ? — Attendez, je vais vous le dire. Voici quelle sera la
récompense : vous me fournirez tous les détails que
vous pourrez sur les assassinats de la rue Morgue.

Dupin prononça ces mots très tranquillement, presqu'à voix basse, s'avançant doucement vers la porte
qu'il ferma à double tour, et dont il mit la clef dans
sa poche. Sans se presser il sortit un pistolet de sa
poitrine et le posa sur la table.

Le visage du marin s'empourpra subitement,
comme s'il se débattait contre l'asphyxie. Il se leva
d'un bond en saisissant son gourdin, mais un moment après il retomba tout tremblant sur son siège,

avec une figure de mort. Son aspect m'inspira une pitié profonde.

— Mon ami, dit Dupin d'un ton de bonté, vous vous effrayez sans cause; nous ne vous voulons pas de mal. Je vous donne ma parole d'homme d'honneur et de Français que vous n'avez rien à craindre de notre part. Je sais très bien que vous êtes innocent des atrocités commises dans la rue Morgue; mais vous ne pouvez nier en savoir quelque chose. D'après ce que je vous ai dit, vous devez comprendre que j'ai des moyens d'information auxquels vous n'avez jamais songé. Or voici l'affaire. Vous n'avez rien fait que vous auriez pu éviter — rien toutefois qui vous rende coupable du crime. Vous n'êtes pas même coupable de vol, et vous auriez pu voler à votre aise. Vous n'avez rien à craindre, aucun motif de cacher quoi que ce soit. Mais d'autre part, tous les principes d'honneur vous obligent à avouer tout ce que vous savez. Un innocent est à ce moment arrêté, accusé du crime dont vous pouvez indiquer l'auteur.

Pendant que Dupin parlait, le marin avait en grande partie retrouvé son sang-froid, mais la hardiesse de son maintien avait disparu.

— Dieu m'est témoin, dit-il après un court silence, que je vais vous dire tout ce que je sais de cette affaire; mais je ne m'attends pas à ce que vous en croyiez la moitié — je serais un imbécile d'y compter. Pourtant je suis innocent, et je veux en avoir le cœur net, dussé-je le payer de ma vie.

Voici l'essentiel de ce qu'il raconta. Il venait de faire un voyage dans l'Archipel Asiatique. Arrivé à Bornéo, il prit part à une expédition à l'intérieur de l'île, et en route lui et un de ses camarades parvinrent à s'emparer de l'orang-outang. La mort de l'autre marin le laissa bientôt seul maître de la bête. La férocité intraitable de son captif lui causa mille difficultés pendant le voyage de retour, mais une fois arrivé à Paris, il réussit à le loger en sûreté chez lui. Afin d'éviter la curiosité gênante des voisins il le tint enfermé en attendant qu'une blessure à la patte, produite à bord par un éclat de bois, se fût guérie, comptant ensuite vendre l'animal. Rentrant la nuit, ou plutôt le matin du crime, après avoir passé la soirée en joyeuse compagnie, il trouva que le singe s'était échappé du cabinet où il croyait l'avoir solidement enfermé, et avait pénétré dans sa chambre à coucher. Assis devant un miroir, un rasoir à la main, le menton savonné, il cherchait à se raser, en imitation de son maître qu'il avait sans doute observé à travers la serrure. Epouvanté à la vue d'une arme aussi dangereuse entre les mains d'un être aussi féroce et aussi capable de s'en servir, le marin resta un moment stupéfait, ne sachant que faire. Mais ayant l'habitude de dompter l'animal, même dans ses humeurs les plus sauvages, par l'usage du fouet, il y recourut alors. Dès qu'il s'en fut emparé, l'orang-outang s'élança par la porte, et descendant l'escalier en quelques bonds il trouva une fenêtre ouverte au rez-de-chaussée d'où il gagna la rue. L'homme au désespoir suivit le singe qui, toujours armé du rasoir, s'arrêtait et se retournait de temps en temps pour le regarder et lui faire des gestes de menace, reprenant la fuite dès que son maître était sur le point de le rattraper. La chasse se poursuivit ainsi pendant quelque temps. Rien ne bougeait dans les rues, car il était près de trois heures du matin. Comme il passait dans une ruelle derrière la rue Morgue, la lumière qui brillait à la fenêtre ouverte de la chambre de Mme L'Espanaye au quatrième étage de sa maison, arrêta l'attention du fuyard. Se précipiter sur la maison, apercevoir le paratonnerre, y grimper avec une agilité incroyable, saisir le volet qui était repoussé contre le mur, et par ce moyen s'élancer d'un bond sur le lit, tout cela fut l'affaire d'un instant. En pénétrant dans la pièce l'orang-outang rouvrit le volet en le poussant du pied.

Le marin, pendant ce temps, tout en se réjouissant, restait fort perplexe. Il avait maintenant bon espoir de reprendre possession de la bête, puisque pour s'échapper du piège dans lequel elle s'était aventurée, il lui fallait passer par le paratonnerre, à la descente duquel on l'arrêterait facilement. D'autre part ce qu'elle pourrait faire dans la maison était un grave sujet d'inquiétude. Cette considération

L'énorme bête avait saisi Mme L'Espanaye par les cheveux qui lui
pendaient dans le dos, et lui brandissait le rasoir près du visage
avec les gestes d'un coiffeur. (P. 106.)

poussa l'homme à suivre le fuyard. C'est chose facile pour un marin de grimper un paratonnerre, mais arrivé à la hauteur de la fenêtre, à quelque distance sur sa gauche, il dut s'arrêter; tout ce qu'il put faire de plus fut de se pencher autant que possible pour jeter un coup d'œil dans la chambre. L'horreur qu'il ressentit à la vue de ce qui s'y passait lui fit presque lâcher prise. Ce fut alors que ces cris horribles traversant le silence de la nuit, réveillèrent en sursaut les habitants de la rue Morgue. Mme L'Espanaye et sa fille, en toilette de nuit, semblent avoir été occupées à ranger des papiers dans le coffre-fort qu'elles avaient tiré au milieu de la chambre. Il était ouvert et son contenu étalé par terre. Les victimes avaient le dos tourné vers la fenêtre, et d'après le temps qui s'écoula entre l'entrée de la bête et leurs cris, elles ne l'auront pas aperçu immédiatement. Elles ont probablement attribué le battement du volet à un coup de vent.

Au moment où le marin plongeait son regard dans la chambre, l'énorme bête avait saisi Mme L'Espanaye par les cheveux qui lui pendaient sur le dos, et lui brandissait le rasoir près du visage avec les gestes d'un coiffeur. Sa fille gisait par terre sans mouvement, elle avait perdu connaissance. Les cris de la vieille dame qui se débattait et dont les cheveux furent arrachés au cours de la lutte, eurent pour effet de changer en colère les intentions peut-être pacifiques de l'orang-outang. D'un coup formidable de son bras nerveux il sépara presque la tête du tronc. La vue du sang le tc passer de la colère à la fureur. Grinçant des dents et dardant du feu de ses prunelles, il se jeta sur le corps de la jeune fille, et lui planta ses griffes terribles dans le cou, ! e lâchant prise que lorsqu'elle eut cessé de respirer. Son regard délirant se tourna ensuite vers le lit, au-dessus duquel il pouvait tout juste apercevoir le sage de son maître rigide d'horreur. La fureur de l'animal, qui se souvenait sans doute du fouet redouté, se transforma aussitôt en crainte. Sentant qu'il méritait une correction, il sembla vouloir cacher ses méfaits, bondissant à travers la chambre sous l'angoisse d'une agitation nerveuse, renversant et brisant les meubles, et arrachant le matelas et les couvertures du lit. A la fin il saisit d'abord le cadavre de la jeune fille qu'il poussa dans la cheminée dans la position où on l'a retrouvé, et en second lieu celui de la vieille dame qu'il lança par la fenêtre la tête la première.

A l'approche du singe avec son fardeau mutilé, le marin se retira épouvanté de la croisée, et se serrant contre le paratonnerre, il se laissa glisser en bas, et s'enfuit aussitôt chez lui. La crainte des suites de cet événement horrible lui fit oublier momentanément son inquiétude au sujet de l'orang-outang. Les paroles entendues par ceux qui montaient l'escalier, étaient les exclamations d'horreur et d'effroi de l'homme, mêlées au baragouin infernal de la bête.

Il ne me reste plus grand'chose à dire. L'orang-outang a dû s'échapper par le paratonnerre en fermant la fenêtre au passage, juste avant qu'on n'ait forcé la porte. Son maître le captura lui-même plus tard, et obtint une bonne somme en le vendant au Jardin des Plantes.

On relâcha tout de suite Lebon en apprenant les circonstances du crime que Dupin raconta, en y faisant quelques commentaires, au bureau du Préfet de Police. Ce fonctionnaire, quoique bien disposé envers mon ami ne put entièrement cacher le dépit qu'il ressentait à voir l'affaire se terminer ainsi, et ne put s'empêcher de lancer quelques traits ironiques à l'adresse des personnes qui se mêlent de ce qui ne les regarde pas.

— Laissons-le parler, me dit Dupin qui avait trouvé inutile de lui répondre. Laissons-le discourir, cela apaisera sa conscience. Quant à moi. il me suffit de l'avoir battu sur son propre terrain. Cependant c'est moins étonnant qu'il ne croit qu'il ait échoué dans la solution de ce mystère, car à vrai dire, notre ami le Préfet est plutôt rusé qu'habile. Sa sagesse manque de profondeur. C'est une tête sans corps, telle que l'on représente la déesse Laverna. Mais c'est un brave homme tout de même. Je l'aime surtout pour un magistral coup d'hypocrisie qui lui a valu sa réputation d'ingéniosité. Je veux dire sa façon « de nier ce qui est, et d'expliquer ce qui n'est pas ».

ENTERRÉ VIVANT !

Il y a certains sujets, dont l'intérêt, tout empoignant qu'il soit, est trop entièrement fait d'horreur pour que la fiction puisse s'en servir. Le romancier serait fort malavisé qui chercherait à éveiller l'émotion de ses lecteurs par l'emploi de pareils thèmes, lesquels, pour se faire accepter, ont besoin de la sanction de la vérité, et de toute l'austère majesté dont elle sait les revêtir. Qui de nous, par exemple, ne se rappelle le frisson (le délicieux frisson ! diraient d'aucuns) qu'il a connu en écoutant le récit du Passage de la Bérésina, du tremblement de terre de Lisbonne, du massacre de la Saint-Barthélemy, ou de la Peste de Londres ? Il est évident que ce qui nous impressionne le plus dans chacun de ces récits, c'est sa vérité, c'est sa réalité, c'est notre certitude de nous trouver en face d'une page d'histoire authentique. Que le tableau fût au contraire une pure invention, sortie du cerveau d'un poète macabre, et nous nous en détournerions avec dégoût. On remarquera ensuite, que dans toutes les catastrophes mémorables que je viens d'énumérer, c'est l'étendue du malheur, son ampleur, qui frappe notre imagination, plutôt que l'intensité de sa fureur; et j'aurais facilement pu choisir, dans la longue et sinistre série des

souffrances humaines individuelles, mille exemples
d'une douleur plus cruelle, d'une horreur pus profonde, que n'offrent les grands désastres collectifs.Le
plus haut degré de la détresse morale et physique ne
peut en effet être atteint que par l'individu. Ren-
dons grâce au ciel de ce que l'extrême de l'angoisse,
restreint à des cas isolés et exceptionnels, ne tombe
jamais sur les hommes en masse.

De tous les supplices que puisse subir l'humanité,
celui d'être enterré vivant est incontestablement le
plus affreux. Et nul pourtant n'oserait affirmer que
la chose ne soit déjà et même assez souvent arrivée.
Entre la vie et la mort les limites ne sont à vrai
dire que faibles et incertaines. Qui saura les fixer
avec précision, en assurant que c'est là que finit
l'une et que l'autre commence ? Il est avéré que dans
de certaines maladies, une cessation apparente de
toutes les fonctions vitales a parfois lieu, — cessation qui, loin d'être finale et irrévocable, n'est pourtant autre chose qu'un arrêt brusque et momentané
dans le merveilleux mécanisme du corps humain.
Après quelque temps, par l'intervention de je ne
sais quel agent invisible et mystérieux, les ressorts
paralysés s'agitent de nouveau, les roues inertes re-
prennent leur mouvement. Le cordon d'argent
n'était pas encore rompu, ni la bandelette d'or à tout
jamais retirée. Mais l'âme, dans l'intervalle, qu'était-
elle devenue ?

Maintenant outre la conclusion, *a priori* inévita-
ble, que — les mêmes causes produisant toujours les
mêmes effets — un enterrement trop hâtif ait fatale-
ment dû suivre maintes fois ce phénomène de simula-
tion de la mort, outre la force démonstrative de ce
raisonnement, nous possédons dans le témoignage
d'un grand nombre de médecins et d'autres personnes, la preuve positive que le fait s'est déjà souvent produit. Je me bornerai à citer deux ou trois
exemples des plus frappants et des mieux constatés.
Peut-être quelques personnes parmi nous se souvien-
nent-elles encore d'un incident arrivé il y a quelques
années dans la ville de Baltimore, où il a soulevé une

émotion vive et profonde. La femme d'un de ses citoyens les plus considérés — avocat éminent et membre du Congrès Fédéral — fut saisie d'une maladie dont les symptômes inexplicables et les progrès rapides et effrayants déroutèrent complètement la science médicale. Après de courtes, mais de cruelles souffrances, elle succomba. Il n'entra dans l'esprit de personne de douter de sa mort. Son visage blême, aux traits tirés, aux yeux ternes et éteints, présenta tous les signes qui caractérisent habituellement cet état. Le corps s'était entièrement refroidi ; le pouls avait cessé de battre. Pendant les trois jours qui suivirent le décès, les membres prirent une rigidité de marbre ; enfin, la marche rapide de ce qui paraissait être la décomposition fit avancer la date des funérailles. La morte fut ensevelie dans le caveau de sa famille, qui resta fermé pendant trois ans à partir de ce jour. C'est alors que, l'ouvrant de nouveau pour y faire entrer un sarcophage, le mari inconsolable apprit le drame lugubre qui s'y était dénoué. Les battants de la porte en s'écartant firent tomber dans ses bras un objet vêtu de blanc, le squelette hideux de sa femme, dans son linceul immaculé !

Les recherches qu'on fit sur place démontrèrent que la morte supposée s'était probablement éveillée le lendemain ou au plus tard le surlendemain de son enterrement, et que ses efforts désespérés pour sortir de sa prison avaient sans doute délogé le cercueil du rebord sur lequel il était placé; celui-ci se serait brisé avec fracas dans sa chute, libérant la prisonnière. Un grand fragment de bois, provenant du cercueil, qu'on trouva sur la première des marches conduisant dans le caveau, et dont la malheureuse s'était évidemment servie pour frapper contre la porte, témoignait de ses vains efforts pour attirer l'attention des passants. Pendant qu'elle travaillait ainsi, qu'elle soit tombée en syncope ou tout simplement morte d'épouvante, c'est ce que l'on ne saura jamais. Tout ce qui est certain, c'est qu'un pli de son linceul, pris par une petite barre de fer qui garnissait la porte à l'intérieur, l'empêchant de tomber, l'avait maintenue debout devant la porte de fer, où le cadavre resta ensuite,

pendant que la mort poursuivit ses horribles rava-
ges.

Une affaire de même nature, qui se passa en
France, fut accompagnée de circonstances assez
étranges pour donner raison à ceux qui trouvent le
merveilleux du roman dépassé par celui de la vérité.
Une jeune fille nommée Victorine Lafourcade, très
riche, d'une famille honorable et d'une grande
beauté, avait distingué parmi ses nombreux préten-
dants, un certain Julien Martel, journaliste de talent mais sans fortune. Les mérites du jeune homme,
son caractère aimable et l'élévation de ses sentiments, ne purent pourtant prévaloir auprès de la
famille de celle qu'il aimait, et il eut le chagrin de se
voir préférer un banquier, du nom de Renelle, qui
avait débuté dans la carrière diplomatique. Le ma-
riage ne fut point heureux. La jeune femme fut né-
gligée, maltraitée même, par son mari. Après avoir
langui pendant quelques années, elle mourut, — ou
moins le sommeil léthargique dans lequel elle tomba
ressemblait-il de tous points à la mort. Elle fut enter-
rée dans le cimetière du village qui l'avait vu naître. Accablé par le chagrin, son amoureux d'autrefois, qui était toujours resté fidèle à son souvenir,
accourt en hâte de Paris, dans le dessein romanesque
de ravir à la tête de la bien-aimée une de ses longues
tresses noires. Il se rend la nuit au cimetière, s'approche de la tombe, et déterre le cercueil. Mais au
moment où il va s'emparer de la belle chevelure, les
yeux de la morte s'ouvrent et se fixent sur lui. Peu à
peu, sous ses caresses, elle revient à la vie. Les soins
de l'ami fidèle achevèrent sa guérison. Son cœur de
femme ne put rester insensible à tant de dévouement,
qui faisait un si fort contraste avec l'indifférence et
les mauvais traitements de son mari. Laissant ce dernier, ainsi que tout le monde, en ignorance du mira-
cle de sa résurrection, elle s'enfuit en Amérique avec
son amant. Vingt ans plus tard tous les deux revin-
rent en France, convaincus que personne ne recon-
naîtrait plus celle qu'on croyait depuis longtemps
morte. Ils se trompaient : M. Renelle ne tarda pas
à reconnaître sa femme sous les traits de l'étrangère,

et il la réclama devant la justice. Il fut débouté de sa demande par le tribunal judiciaire, qui en soutenant la femme dans sa résistance, décida que les circonstances exceptionnelles et le temps écoulé avaient détruit, non seulement le droit moral mais encore le droit légal qu'aurait pu revendiquer le premier mari.

Le « Journal de Chirurgie » de Leipsig, revue d'une grande autorité, rapporte dans un de ses derniers numéros le fait suivant. Un officier d'artillerie, homme de taille gigantesque et de force herculéenne, eut en tombant de cheval de graves contusions à la tête, qui lui firent aussitôt perdre connaissance. Le crâne était légèrement fracturé, mais on n'appréhendait aucun danger imminent. L'opération du trépan se fit avec succès, et l'on appliqua les remèdes employés habituellement en pareil cas. Contrairement à ce que l'on s'attendait à voir, le malade resta plongé dans une léthargie profonde, dont on ne put le réveiller. Au bout d'un certain temps, on le crut mort, si bien mort, qu'on n'hésita pas à le transporter au cimetière. C'était un jeudi que l'enterrement eut lieu. Le dimanche prochain, les personnes qui visitaient le cimetière furent troublées dans leur promenade par les cris d'un paysan, qui s'étant assis sur la tombe récemment creusée, assurait avoir senti la terre se remuer, comme si quelqu'un se débattait au-dessous. On le traita d'abord de farceur, mais sa terreur évidente et sa persistance à maintenir la vérité de son récit, finirent par l'emporter sur l'incrédulité des assistants, et l'on procéda à l'ouverture de la tombe. La fosse, qui avait été creusée à la hâte, était peu profonde, et en quelques minutes on put voir la tête de celui qui y avait été enseveli, et dont les efforts frénétiques avaient réussi à faire sauter le couvercle du cercueil. Il paraissait mort, mais transporté à l'hôpital, il fut bientôt ranimé par les soins qu'on lui prodigua. Sorti de son asphyxie, le malheureux reconnut plusieurs des personnes qui l'entouraient, et leur raconta d'une voix entrecoupée ses angoisses dans la tombe. Selon ses impressions, il avait été

éveillé de sa torpeur par le tumulte de la foule, dont
il entendit distinctement les pas au-dessus de sa
tête, et il resta ensuite conscient pendant une
heure au moins avant de retomber dans un état
d'insensibilité. Le peu de profondeur de la tombe,
et la porosité du terrain, en permettant à l'air de
pénétrer, avaient en même temps laissé parvenir
jusqu'à lui le bruit fait par les promeneurs. Un instant il avait cru se réveiller d'un sommeil profond,
mais presque aussitôt il reconnut toute l'horreur
de sa situation. On assure que ce malade, grâce à
sa constitution robuste, faisait d'admirables progrès, et sa guérison finale paraissait déjà un fait
accompli, lorsqu'il fut victime du charlatanisme
d'une expérience médicale. On était en train de lui
administrer la batterie galvanique, lorsqu'il mourut
subitement dans un des paroxysmes souvent provo-
qués par cette expérience.

L'allusion que je viens de faire à la batterie galvanique me rappelle cependant un autre cas de
l'emploi de cet instrument, où il fut efficace à rappeler à la vie un jeune Anglais, enterré pendant deux
jours. Cette histoire se passa en l'année 1831 à
Londres, où elle fit une profonde impression.

Le jeune homme dont il est question, M. Edouard
Stapleton, avoué de sa profession, semblait avoir
succombé à une fièvre typhoïde, compliquée de symptômes assez anormaux pour exciter la curiosité des
médecins. Ceux qui venaient de le soigner, dès qu'ils
le crurent mort, demandèrent à la famille de consen-
tir à l'autopsie. La permission étant refusée, les
médecins, comme il arrive souvent en pareil cas, ré-
solurent de s'en passer et de déterrer le cadavre
pour le disséquer, en gardant le secret sur le fait.
Ils trouvèrent facilement moyen de s'entendre avec
une de ces bandes de rôdeurs, les déterreurs de cadavres, très nombreux à Londres à cette époque, et
la troisième nuit qui suivit l'enterrement, la tombe
fut ouverte et le mort enlevé de son cercueil.

Transporté à l'amphithéâtre d'une des grandes
cliniques, le corps de M. Stapleton allait être livré
à l'autopsie, on avait même déjà commencé à pra-

tiquer une incision à l'abdomen, lorsque l'un des internes, frappé de la parfaite conservation du sujet, proposa de lui appliquer la batterie galvanique. Plusieurs expériences se succédèrent sans offrir rien de très remarquable, si ce n'est que les mouvements convulsifs produits dans le corps ressemblèrent à s'y tromper à ceux d'un vivant. On s'attardait à l'œuvre. Le jour allait paraître, lorsqu'on se décida enfin à se mettre à la dissection. A ce moment, un étudiant, voulant faire l'essai d'une théorie particulière, insista pour appliquer la batterie aux muscles pectoraux. Un vif coup de bistouri fut donné, et à peine le fil galvanisé fut-il approché de la blessure, que le sujet se leva de la table où il était étendu, fit quelques pas rapides dans la chambre, laissa errer ses regards autour de lui avec angoisse mais sans trahir la moindre convulsion, et essaya de parler. On ne put saisir le sens des paroles qu'il proféra : elles furent pourtant nettement articulées. Après cet effort, le mort déterré s'affaissa de nouveau et tomba lourdement par terre.

Pendant quelques instants, les assistants de cette scène restèrent paralysés, mais la nécessité d'agir avec promptitude leur fit recouvrer leur présence d'esprit. Il était évident que M. Stapleton était simplement évanoui et nullement mort. On le ranima en lui faisant respirer de l'éther, et les soins dont on l'entoura furent couronnés de succès. Dès que la possibilité d'une rechute ne fut plus à redouter, on avertit la famille du jeune homme, qui accueillit la nouvelle avec une joie indescriptible.

Le détail le plus remarquable et le plus saisissant de toute cette affaire, c'est sans contredit l'affirmation positive de M. Stapleton, d'avoir été, du commencement jusqu'à la fin, dans une certaine mesure conscient de ce qui se passait autour de lui. A aucun instant, assura-t-il, n'avait-il entièrement perdu l'usage de ses facultés; il voyait et entendait tout, d'une façon confuse et indécise, il est vrai, mais enfin il se rendait parfaitement compte de la marche des événements, depuis le moment où on l'avait déclaré mort jusqu'à celui de la syncope finale sur-

venue dans la clinique. — « Je vis, je vis toujours ! »
— telles étaient les paroles qu'il avait essayé de
prononcer avant de perdre connaissance.

Il serait facile de multiplier les récits de ce genre,
si je m'en abstiens, c'est parce qu'il me semblerait
superflu d'ajouter un seul fait nouveau à la liste
lugubre que je viens de dresser. Que des cas d'inhumation précipitée soient déjà arrivés, nous en avons
la preuve. Réfléchissons maintenant à l'extrême difficulté, à la quasi-impossibilité qui existe pour nous,
de constater ces accidents horribles, et nous sommes
obligés d'admettre qu'ils ne sont peut-être pas même
rares. Les excavations faites dans les cimetières ont
toujours fait découvrir des squelettes retournés dans
leurs cercueils et tordus dans des attitudes qui
n'étaient évidemment pas celles dans lesquelles des
mains pieuses les avaient couchés pour le dernier
sommeil. Chaque nouvelle découverte vient fortifier
l'horrible soupçon.

Soupçon horrible en effet, puisque le supplice qu'il
fait entrevoir dépasse en terreur tout ce que l'imagination a jamais pu concevoir. Qu'on se figure la
sensation pénible de l'étouffement, les exhalaisons
insupportables du sol humide, le froid attouchement
du suaire, l'étreinte dure et rigide de l'étroite cloi-
son, les impénétrables ténèbres d'une nuit sans aurore, le flux montant du silence qui nous accable,
l'invisible présence des vers guettant leur proie, —
tout ce que la douleur physique a de plus atroce,
mêlé à tout ce que la souffrance morale a de plus
cruel, — et, dominant toutes ces pensées, celle des
amis que nous venons de quitter, et dont le souvenir, au lieu de nous apporter une consolation, nous
semble la plus amère dérision dans notre abandon et
notre désespoir ! Comment un pauvre cerveau humain résisterait-il à une telle accumulation d'horreur et d'effroi ? Nous ne connaissons rien d'aussi hideux sur la terre, et les tourments de l'enfer se pré-
senteraient sous un aspect moins affreux dans les
rêves délirants d'un fou. Aucun conte d'outre-tombe,
aucun cauchemar ne nous fait frémir comme le simple
récit des angoisses de l'homme enfermé vivant dans

la sombre demeure des morts. L'émotion poignante, l'horreur presque sacrée que nous inspire chacun de ces récits, vient surtout de son caractère véridique; c'est ce qui prêtera peut-être quelque intérêt aux faits que je me propose maintenant de raconter, — faits dont je peux moi-même garantir l'exactitude, puisqu'ils sont tirés de mon expérience personnelle.

Déjà depuis plusieurs années je suis sujet à des accès de cette étrange maladie, que les médecins, à défaut d'un terme plus exact, s'accordent à nommer catalepsie. Quoique ses causes immédiates, aussi bien que les circonstances qui y prédisposent, restent toujours enveloppées de mystère, quoique le diagnostic même de la maladie soit encore peu précis, la forme sous laquelle elle se manifeste est assez bien connue. Des différences de degré et de durée marquent seules les accès. La crise léthargique ne dure quelquefois qu'un jour à peine. Le malade, que l'on dirait plongé dans un sommeil profond, paraît alors insensible à toute impression venant du dehors. Raide et immobile, il laisse pourtant deviner, au faible battement du cœur, au léger incarnat du visage, aux restes de chaleur vitale gardée par le corps, que la vie n'est pas encore éteinte. Il suffit même d'approcher un miroir des lèvres pâles et froides, pour s'assurer par le souffle inégal et vacillant qui s'y fait sentir, que la respiration n'a pas entièrement cessé. D'autres fois, le sommeil léthargique se prolonge pendant des semaines, des mois; et dans ces crises exagérées il serait impossible à l'examen le plus approfondi, aux observations les plus rigoureuses, d'établir par un critérium infaillible une distinction entre cette mort apparente et la mort véritable. Ce n'est que la prévoyance affectueuse des amis du malade, avertis par des accès antérieurs plus faibles et passagers; c'est surtout l'absence de toute marque de décomposition qui fait retarder l'inhumation assez longtemps pour laisser passer la crise. Les progrès de la maladie sont heureusement très lents, et les premières manifestations ne sont guère équivoques. Les crises, à la répétition, ont des symptômes de plus en plus accentués, et la durée du sommeil prend des proportions exagérées. C'est grâce à cette particularité que la plupart de ceux qui sont atteints de catalepsie échappent aux horreurs de l'enterrement prématuré. Malheur à celui dont la première attaque aurait ce caractère aigu, propre à tromper la perspicacité de la science même!

Mon cas spécial ne se distinguait en aucun point essentiel de ceux qu'on voit cités dans les traités de médecine. Il m'arrivait de temps à autre de tomber sans raison apparente, et par des gradations excessivement lentes et presque imperceptibles, dans un état d'immobilité et de demi-somnolence, qui n'était à vrai dire ni le sommeil ni la syncope, mais un état intermédiaire, dans lequel je flottais, sans douleur et seulement vaguement conscient de la présence des personnes qui m'entouraient; puis la crise, ayant atteint son apogée, me quittait brusquement et me laissait revenir à moi-même. Mais c'était au contraire quelquefois un coup foudroyant qui me terrassait. Je me sentais alors subitement en proie à des nausées et à des vertiges, j'avais les membres glacés, engourdis. Ensuite, pendant des semaines entières, tout se faisait noir autour de moi. C'était le vide, le silence, l'obscurité du néant... D'une pareille crise je me réveillais avec une lenteur proportionnelle à la rapidité du saisissement. De même que le jour se lève, morne et blafard, pour le malheureux, sans pain et sans foyer, qui a erré pendant la longue et froide nuit d'hiver dans les rues désertes — ainsi revenait la lumière, triste et tardive, dans mon âme endolorie!

A part cette tendance cataleptique, ma santé était bonne; elle ne paraissait même pas s'altérer sensiblement à la suite des crises, à moins qu'une particularité de mon sommeil n'en doive être considérée comme un résultat. Je parle de la difficulté que je ressentais, en m'éveillant, à rentrer tout de suite en possession de mes facultés mentales; pendant un bon moment je restais absolument hébété, et l'entendement ne revenait que très lentement, la mémoire me faisant le plus longtemps défaut.

Si dans mon état normal, la souffrance physique, proprement dite, n'était que peu de chose, la souffrance morale au contraire, était extrême. Mon imagination devenait macabre. Elle se promenait dans les charniers, à travers les ossements et les immondices du sépulcre. L'idée de la mort hantait tous mes rêves, et la crainte de l'inhumation précipitée devenait une véritable obsession. Le péril qui me menaçait me préoccupait nuit et jour. Le jour, la souffrance était atroce, mais la nuit, c'était une torture inimaginable et sans nom. Dès que les ténèbres commençaient à envelopper la terre, la peur envahissait mon âme et me faisait trembler, comme le vent fait trembler les noires plumes qui surmontent le char funèbre dans son passage au tombeau. Je n'osais pas m'endormir, redoutant que mon réveil ne se fît dans la tombe, et, lorsque épuisé par de longues veilles, je ne pouvais plus lutter contre le sommeil, ce n'était pas un repos bienfaisant qui m'attendait, mais un monde habité par des spectres effrayants, au-dessus desquels planait, plus effroyable encore, comme une monstrueuse chauve-souris agitant ses ailes gigantesques, le fantôme hideux de la Peur !

De toutes les noires images qui accablaient mon sommeil, je ne rapporterai qu'une seule vision. Il me semblait dormir depuis longtemps et plus profondément que d'habitude, lorsque je sentis une main glaciale se poser sur mon front, et j'entendis une voix infernale me donner l'ordre de me lever.

Je me dressai sur mon séant. L'obscurité était profonde. Je ne pouvais distinguer la forme de celui qui m'avait appelé. J'essayais vainement de me rappeler le lieu où je me trouvais au moment de m'endormir. Pendant que je faisais de vains efforts pour rassembler mes pensées, la main froide me saisit brutalement le poignet, le secouant avec impatience, tandis que l'horrible voix répétait :

— Lève-toi ! lève-toi ! te dis-je.

— Mais toi, demandai-je, qui es-tu ?

— Je n'ai pas de nom dans les régions où j'habite ; poursuivit la voix dans laquelle perçait maintenant une tristesse immense. J'étais mortel, et suis devenu démon. J'étais impitoyable, et suis à présent miséricordieux. Ne sens-tu pas que je frissónne? Et ce n'est pas le froid qui fait claquer mes dents, c'est l'horreur insupportable de la nuit éternelle. Comment peux-tu dormir tranquille? Le cri de l'agonie qui monte au ciel ne me laisse aucun repos. Le spectacle de cette misère infinie me tourmente sans cesse. Sors avec moi dans la nuit obscure, et je ferai dérouler devant tes yeux les tristes mystères cachés dans les tombeaux. Regarde et frémis!

J'obéis à mon guide invisible, dont la puissance fit ouvrir devant moi d'un seul coup toutes les tombes où gisent les morts. La lueur phosphorescente qui émane des corps en putréfaction permit à mon regard de pénétrer les plus sombres recoins de chaque triste demeure. Et je reconnus à mon épouvante que parmi les milliers de cadavres couchés dans leur linceul, un petit nombre seulement dormaient du sommeil paisible de la mort. C'était un mouvement convulsif et frénétique agitant les blancs suaires, un claquement d'os, une lutte incessante et désespérée, entrecoupée de sanglots et de gémissements. Et pendant que je tenais les yeux fixés sur les fosses entrouvertes, l'étreinte des doigts de fer sur mon poignet se relâcha, la voix lamentable cessa de gémir, les lumières phosphorescentes s'éteignèrent dans le gouffre, et les tombeaux se refermèrent, en laissant échapper de leurs profondeurs un cri suprême.

L'horreur de ces lugubres visions nocturnes ne prit pas fin avec le réveil; toute la journée je fus poursuivi par ce cortège spectral, et mes nerfs finirent par se détraquer complètement sous cette influence funeste. Obsédé par une terreur perpétuelle, je changeai tout à fait ma manière de vivre, renonçant à toutes mes anciennes habitudes. Je cessai de monter à cheval, je ne voulus plus même faire à pied une promenade de quelque étendue, qui en m'éloignant de mon domicile, m'exposerait au danger de tomber malade dans un milieu étranger. Je m'entourai de personnes dont le dévouement m'était absolument assuré, et qui, connaissant de longue date ma maladie mystérieuse, ne pourraient se tromper sur la nature d'une de ses crises. Mais bientôt leur présence, leur affectueuse sollicitude ne suffit plus à me rendre le calme. Je commençai à douter des sentiments et de la fidélité de mes meilleurs amis. Je conçus même le soupçon que, las des soins incessants réclamés par mon malheur, et impatientés par la fréquence des accès, ils se serviraient volontiers du prétexte que leur fournirait une crise plus longue, pour se débarrasser d'une charge aussi pénible. En vain s'engagèrent-ils de la façon la plus solennelle à suivre toutes mes instructions. Je redoublai de précautions. Je leur fis les recommandations les plus exagérées, exigeant d'eux le serment, de ne jamais, quelles que fussent les apparences de mort, me laisser enterrer avant que la décomposition ne fût assez avancée pour empêcher de conserver plus longtemps ma dépouille mortelle. Je visitai moi-même le caveau de ma famille, y faisant exécuter sous mes yeux un travail assez important. La porte de fer fut démontée et posée de nouveau de façon à ce qu'elle s'ouvrît facilement du dedans, les lourds battants devant céder à la plus légère pression sur un long levier qui pénétrait dans l'intérieur du caveau. Des dispositions furent prises pour donner libre accès à l'air et à la lumière, ainsi que pour laisser une cruche d'eau et quelques aliments à portée du cercueil qui m'était destiné. Le cercueil lui-même, fabriqué d'après des dessins que j'avais donnés, était capitonné au dedans, et le couvercle s'ouvrant de la même façon que la porte du caveau, était muni de ressorts ainsi disposés, que le moindre mouvement du corps suffirait à les faire jouer. Par surcroît de prudence, j'avais fait suspendre de la voûte une grande cloche, dont l'extrémité de la corde, passant à travers une ouverture pratiquée dans le cercueil, devait être attachée à la main du défunt. Que peuvent cependant toutes les ressources de la prévoyance humaine, contre la fatalité? Ces mesures si bien arrêtées se montreraient impuissantes à conjurer le sort du malheureux, prédestiné aux horreurs de la sépulture vivante.

Enfin, le moment arriva, où — comme il m'était

arrivé déjà bien des fois — je m'éveillais du néant,
et je renaissais lentement à l'existence. L'aurore
du jour psychique approcha peu à peu. Une torpeur
mêlée d'une vague inquiétude pesa sur mon esprit;
j'opposai une résistance apathique à la douleur
sourde qui envahissait mes membres inertes. Plus de
souci, plus de désir, plus de lutte... Un long intervalle de silence absolu fut suivi par un tintement
dans les oreilles, puis une nouvelle pause se fit,
à laquelle succéda la sensation brûlante d'un pico-
tement aux mains et aux pieds. Survint ensuite une
période de repos délicieux, qui paraissait se prolon-
ger indéfiniment, et pendant laquelle les pensées
renaissantes cherchaient à se formuler en idées clai-
res, ensuite, une brève rechute, et enfin, la sortie
définitive et triomphante de l'âme des affres de la
mort. Telles sont les étapes successives qu'elle par-
court, en montant de l'abîme, pour revenir à la vie
et à la lumière... Un tressaillement nerveux se fait
dans tout le corps; les paupières tremblent; le sang
se porte vivement à la tête, puis reflue en torrents
vers le cœur. Du chaos intellectuel quelques pensées
se dégagent : la mémoire s'efforce de briser ses
entraves... Oui; je me souviens enfin : je me rappelle
le passé, je me rends compte du présent. Je comprends que le sommeil dont je sors n'est pas le sommeil normal de mes nuits, mais la léthargie à laquelle j'ai tant de fois succombé. Et cette certitude,
une fois acquise, cède aussitôt la place à une pensée
plus affreuse encore, devant laquelle toute autre pensée, toute autre sensation s'efface, — la peur de
m'être éveillé dans la tombe!

Je restai quelques moments immobile, les yeux fermés, sans oser faire un effort pour éclaircir mes
doutes. Le courage me manqua en effet, car je savais
bien d'avance quel serait le résultat de mes tenta-
tives. J'étais *sûr* que mes pressentiments étaient de-
venus des certitudes, que le péril qui m'avait toujours
menacé se trouvait réalisé. L'excès même du désespoir me poussa enfin à vérifier mes soupçons... J'ou-
vris les yeux. Ils ne furent frappés d'aucune lumière.
Tout était noir. La crise pourtant était passée. J'avais

— Qu'avez-vous donc à hurler de cette façon épouvantable. (P. 125.)

recouvert l'usage de mes sens. Et quand même, il faisait noir, tout noir autour de moi! La chose horrible était donc vraie, — ce qui m'environnait, c'était l'obscurité de la nuit éternelle et sans espoir!...

Je voulus crier, mais ma langue et mes lèvres desséchées se refusèrent à proférer un son, et une respiration haletante sortit avec peine de ma poitrine oppressée, tandis que le cœur se débattant avec violence fit semblant de rompre ses parois. Dans l'effort que je venais de faire, le mouvement des mâchoires m'avait révélé qu'une bande de toile, passée sous le menton, les enveloppait, ainsi que cela se voit dans la toilette qu'on fait aux morts. Je m'aperçus en même temps que j'étais étendu sur une couche très dure; la même substance dure me serrait étroitement des deux côtés. Jusqu'ici, je n'avais pas fait un seul mouvement de mes bras, croisés sur la poitrine; à présent j'élevai brusquement les deux mains, et elles se rencontrèrent tout de suite avec une boiserie, qui s'étendait à une hauteur de quinze centimètres à peine au-dessus de moi... Le doute n'était plus possible. C'était dans un cercueil que je reposais.

A ce moment affreux, le souvenir des précautions que j'avais prises contre cette éventualité vint bercer mon âme d'une faible lueur d'espoir. Je me tordis et me démenai en efforts convulsifs pour faire sauter le couvercle de la caisse qui m'enfermait: il ne céda pas. Je cherchai sur mon poignet le cordon qui devait mettre en branle la cloche pour sonner l'alarme : rien ne s'y trouva. Mon nouvel espoir s'évanouit, et un désespoir plus vaste, plus profond, prit entière possession de mon âme. Le cercueil où je me trouvai n'était évidemment pas celui que j'avais fait capitonner pour ma réception; je remarquai en outre que je respirais l'odeur âcre d'un sol moisi... Je compris ce qui était arrivé. L'accès avait dû me surprendre à quelque distance de chez moi, et j'avais sans doute été enterré à la hâte, enfermé, cloué dans un cercueil, et jeté à la fosse commune ou dans un tombeau quelconque d'un cimetière de campagne, — enseveli vivant, à tout jamais et sans aucun espoir de délivrance, dans les profondeurs de la terre !

Plus cette horrible conviction s'affermit, plus je redoublai d'efforts pour élever la voix. Je réussis enfin à pousser un cri désespéré, véritable hurlement de douleur qui résonna à travers le royaume souterrain de la nuit.

— Holà ! holà ! là ! répondit une voix rauque.

— Que diable y a-t-il maintenant ? demanda une seconde voix.

— Qu'avez-vous donc à hurler de cette façon épouvantable ? reprit une troisième voix, et pendant quelques minutes je me sentis assez rudement secoué par plusieurs individus à mine rébarbative qui m'entouraient. Il n'avait point fallu leur intervention pour me tirer du sommeil, car j'étais tout à fait éveillé au moment de pousser mon cri de détresse suprême, mais l'épisode me fit rentrer en pleine possession de mes facultés, et me permit de retrouver le fil de mes souvenirs interrompus.

Cette aventure eut lieu à bord d'une petite chaloupe, ancrée dans le fleuve qui coule près de la ville de Richmond, en Virginie. J'étais parti la veille à la chasse, parait-il, accompagné d'un ami, et après avoir marché quelque temps le long des rives du fleuve, nous fûmes surpris par un orage. Nous nous réfugiâmes dans la cabine de la chaloupe, nous résignant à passer la nuit, tant bien que mal, das les deux lits — les seuls que possédât le bateau — qu'on mit hospitalièrement à notre disposition. Mais on s'imaginera facilement ce que peuvent être les lits sur une chaloupe de soixante à soixante-dix tonneaux, chargée de terreau pour les horticulteurs de la ville. Celui que j'occupai n'avait ni matelas ni couvertures. Et pourtant j'avais bien dormi, et la vision qui m'avait affolé, avait été produite tout naturellement par les conditions dans lesquelles je me trouvais. Tout s'expliquait de la sorte. L'odeur qui m'avait offusqué était celle de la terre humide portée par le bateau, et les hommes qui m'entourèrent à mon réveil étaient les matelots de l'équipage. La bande qui m'enveloppait le menton n'était qu'un

foulard que j'avais roulé autour de la tête pour me
préserver des courants d'air.

Le supplice que je venais de subir était cependant
très réel et très intense, dépassant toutes les ter-
reurs, toutes les souffrances que j'avais connues jusqu'à ce moment. De l'excès du mal provenait pourtant le remède, car de cet instant date ma guérison.
Je pris la résolution énergique de lutter contre ma
faiblesse. Mon corps se fortifia. Mon âme se retrempa
à la lutte. J'essayai de vivre de l'existence saine et
normale des autres personnes de mon âge et de ma
condition. Je ne me laissai plus aller à mes idées
morbides. Je brûlai tous mes traités de médecine.
Bref, je devins un autre homme. Et, à partir de
cette nuit mémorable je n'ai plus été sujet aux
crises cataleptiques, disparues avec la peur qui les
avait peut-être fait naître.

Il y a des moments dans la vie de chacun, où
même pour l'esprit le plus raisonnable, pour l'imagination la moins déréglée, ce monde prend l'aspect
d'un véritable enfer. Celui qui ne se détourne pas
du spectacle effrayant, ressemble à l'altière Cara-
this, dont l'impiété audacieuse cherchait à fouiller
les mystères que la tombe recèle. Le noir défilé des
spectres qui hantent les sépulcres n'est pas, hélas !
une terreur vaine ; — semblables aux démons qui faisaient l'escorte d'Afrasiab dans son voyage sur
l'Oxus — ils nous dévoreront si nous ne réussissons
pas à les endormir, il faut les laisser sommeiller
si nous ne voulons pas périr sous leurs coups !

FIN

TABLE DES MATIÈRES

PARIS. — IMPRIMERIE P. MOUILLOT, 13, QUAI VOLTAIRE.

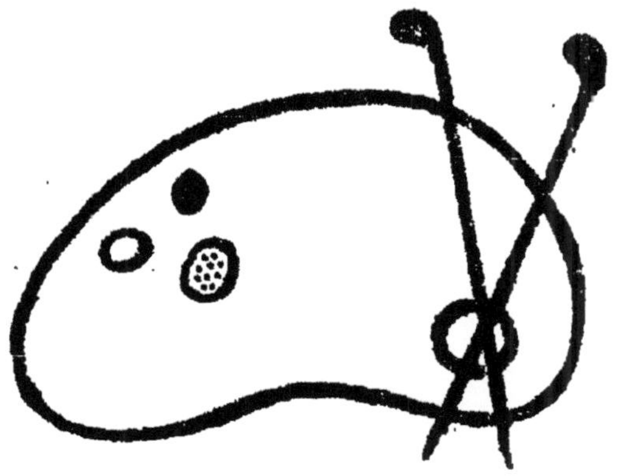

Original en couleur

NF Z 43-120-8

www.ingramcontent.com/pod-product-compliance
Ingram Content Group UK Ltd.
Pitfield, Milton Keynes, MK11 3LW, UK
UKHW020307130726
13696UKWH00003B/914